향수

향수

초판 1쇄 발행 | 2017년 12월 07일
초판 3쇄 발행 | 2023년 04월 10일

지은이 | 정지용

발행인 | 김선희 · 대 표 | 김종대
펴낸곳 | 도서출판 매월당
책임편집 | 박옥훈 · 디자인 | 윤정선 · 마케터 | 양진철 · 김용준

등록번호 | 388-2006-000018호
등록일 | 2005년 4월 7일
주소 | 경기도 부천시 소사구 중동로 71번길 39, 109동 1601호
　　　(송내동, 뉴서울아파트)
전화 | 032-666-1130 · 팩스 | 032-215-1130

ISBN 979-11-7029-163-3 (03810)

· 잘못된 책은 바꿔드립니다.
· 책값은 뒤표지에 있습니다.

이 도서의 국립중앙도서관 출판시도서목록(CIP)은 서지정보유통지원시스템 홈페이지
(http://seoji.nl.go.kr)와 국가자료공동목록시스템(http://www.nl.go.kr/kolisnet)에서
이용하실 수 있습니다.(CIP제어번호 : CIP2017030203)

정지용 필사 시집

매월당
MAEWOLDANG

차 례

제 1 장

향 수

오월 소식

오동나무 꽃으로 불 밝힌 이곳 첫여름이 그립지 아니한가?
어린 나그네 꿈이 시시로 파랑새가 되어오려니.
나무 밑으로 가나 책상 턱에 이마를 고일 때나,
네가 남기고 간 기억만이 소근 소근거리는구나.

모처럼만에 날아온 소식에 반가운 마음이 울렁거리어
가여운 글자마다 먼 황해가 넘실거리나니.

……나는 갈매기 같은 종선을 한창 치달리고 있다……

쾌활한 오월 넥타이가 내처 난데없는 순풍이 되어,
하늘과 딱 닿은 푸른 물결 위에 솟은,
외따른 섬 로맨틱을 찾아갈까나.

일본말과 아라비아 글씨를 알려주러 간
쬐그만 이 페스탈로치야, 꾀꼬리 같은 선생님이야,
날마다 밤마다 섬 둘레가 근심스런 풍랑에 씹히는가 하
노니,
은은히 밀려오는 듯 머얼리 우는 오르간 소리……

이른 봄 아침

귀에 설은 새소리가 새어 들어와
참한 은시계로 자근자근 얻어맞은 듯,
마음이 이 일 저 일 보살필 일로 갈라져,
수은방울처럼 동글동글 나동그라져,
춥기는 하고 진정 일어나기 싫어라.

쥐나 한 마리 훔켜잡을* 듯이
미닫이를 살포—시 열고 보노니
사루마다* 바람으론 오호! 추워라.

마른 새삼 넝쿨 사이사이로
빠알간 산새새끼가 물레 북 드나들 듯.

* 훔켜잡을 : 손가락을 안으로 구부리어 매우 세게 잡을
* 사루마다さるまた : 팬츠, 잠방이

새새끼와도 언어수작을 능히 할까 싶어라.
날카롭고도 보드라운 마음씨가 파닥거리어.
새새끼와 내가 하는 에스페란토*는 휘파람이라.
새새끼야, 한종일 날아가지 말고 울어나 다오,
오늘 아침에는 나이 어린 코끼리처럼 외로워라.

산봉우리— 저쪽으로 돌린 프로필—
패랭이꽃 빛으로 볼그레하다,
씩 씩 뽑아 올라간, 밋밋하게
깎아 세운 대리석 기둥인 듯,
간뎅이 같은 해가 이글거리는
아침 하늘을 일심으로 떠받치고 섰다,
봄바람이 허리띠처럼 휘이 감돌아서서
사알랑 사알랑 날아오노니,
새새끼도 포르르 포르르 불려 왔구나.

* 에스페란토 : 폴란드인 자멘호프가 1887년에 공표하여 사용하게
   된 국제 보조어

압천鴨川

압천* 십리 벌에
해는 저물어…… 저물어……

날이 날마다 님 보내기
목이 자졌다…… 여울 물소리……

찬 모래알 쥐어짜는 찬 사람의 마음,
쥐어짜라. 바시여라. 시원치도 않아라.

역구풀 우거진 보금자리
뜸부기 홀어멈 울음 울고,

제비 한 쌍 떴다,
비맞이 춤을 추어.

수박 냄새 품어오는 저녁 물바람.
오렌지 껍질 씹는 젊은 나그네의 시름.

압천 십리 벌에
해가 저물어…… 저물어……

* 압천鴨川 : 가모가와 강, 교토 시내를 흐르는 하천 이름

석류

장미꽃처럼 곱게 피어가는 화로의 숯불,
입춘 때 밤은 마른풀 사르는 냄새가 난다.

한겨울 지난 석류 열매를 쪼개어
홍보석紅寶石 같은 알을 한 알 두 알 맛보노니,

투명한 옛 생각, 새론 시름의 무지개여,
금붕어처럼 어린 여릿여릿한 느낌이여.

이 열매는 지난 해 시월상달, 우리들의
조그마한 이야기가 비롯될 때 익은 것이어니.

작은 아씨야, 가녀린 동무야, 남몰래 깃들인
네 가슴에 졸음 조는 옥토끼가 한 쌍.

옛 못 속에 헤엄치는 흰 고기의 손가락, 손가락,
외롭게 가볍게 스스로 떠는 은銀실, 은실,

아아 석류알을 알알이 비추어 보며
신라 천년의 푸른 하늘을 꿈꾸노니.

발열發熱

처마 끝에 서린 연기 따러
포도 순이 기어 나가는 밤, 소리 없이,
가문 땅에 스며든 더운 김이
등에 서리나니, 훈훈히,
아아, 이 애 몸이 또 달아오르누나.
가쁜 숨결을 드내쉬노니, 박나비처럼,
가녀린 머리, 주사 찍은 자리에, 입술을 붙이고
나는 중얼거리다, 나는 중얼거리다,
부끄러운 줄도 모르는 다신교도多神敎徒와도 같이.
아아, 이 애가 애자지게 보채누나!
불도 약도 달도 없는 밤,
아득한 하늘에는
별들이 참벌 날으듯 하여라.

향수鄕愁

넓은 벌 동쪽 끝으로
옛이야기 지줄대는 실개천이 휘돌아 나가고,
얼룩백이 황소가
해설피 금빛 게으른 울음을 우는 곳,

―그곳이 차마 꿈엔들 잊힐리야.

질화로에 재가 식어지면
빈 밭에 밤바람 소리 말을 달리고,
엷은 졸음에 겨운 늙으신 아버지가
짚베개를 돋아 고이시는 곳,

―그곳이 차마 꿈엔들 잊힐리야.

흙에서 자란 내 마음
파아란 하늘빛이 그리워
함부로 쏜 화살을 찾으려
풀섶 이슬에 함추름 휘적시던 곳,

—그곳이 차마 꿈엔들 잊힐리야.

전설 바다에 춤추는 밤물결 같은
검은 귀밑머리 날리는 어린 누이와
아무렇지도 않고 예쁠 것도 없는
사철 발 벗은 아내가
따가운 햇살을 등에 지고 이삭 줍던 곳,

—그곳이 차마 꿈엔들 잊힐리야.

하늘에는 성근 별
알 수도 없는 모래성으로 발을 옮기고,
서리 까마귀 우지짖고 지나가는 초라한 지붕,
흐릿한 불빛에 돌아앉아 도란도란거리는 곳,

—그곳이 차마 꿈엔들 잊힐리야.

갑판 위

나직한 하늘은 백금빛으로 빛나고
물결은 유리판처럼 부서지며 끓어오른다.
동글동글 굴러오는 짠바람에 뺨마다 고운 피가 고이고
배는 화려한 짐승처럼 짖으며 달려 나간다.
문득 앞을 가리는 검은 해적 같은 외딴섬이
흩어져 나는 갈매기 떼 날개 뒤로 문짓 문짓 물러나가고,
어디로 돌아다보든지 하이얀 큰 팔구비에 안기어
지구덩이가 동그랗다는 것이 즐겁구나.
넥타이는 시원스럽게 날리고 서로 기대 선 어깨에 유월
볕이 스며들고
한없이 나가는 눈길은 수평선 저쪽까지 기旗폭처럼 퍼
덕인다.

바다 바람이 그대 머리에 아른대는구려,
그대 머리는 슬픈 듯 하늘거리고.

바다 바람이 그대 치마폭에 니치대는구려,
그대 치마는 부끄러운 듯 나부끼고.

그대는 바람 보고 꾸짖는구려.

별안간 뛰여들삼어도* 설마 죽을라구요
바나나 껍질로 바다를 놀려대노니,

젊은 마음 꼬이는 구비 도는 물구비
둘이 함께 굽어보며 가볍게 웃노니.

* 뛰여들삼어도 : 뛰어든다 하더라도

태극선 太極扇

이 아이는 고무 볼을 따러
흰 산양이 서로 부르는 푸른 잔디 위로 달리는지도 모른다.

이 아이는 범나비 뒤를 그리어
소스라치게 위태한 절벽 갓을 내닫는지도 모른다.

이 아이는 내처 날개가 돋혀
꽃잠자리 제자*를 쓴 하늘로 도는지도 모른다.

    (이 아이가 내 무릎 위에 누운 것이 아니라)

새와 꽃, 인형 납 병정 기관차들을 거느리고
모래밭과 바다, 달과 별 사이로
다리 긴 왕자처럼 다니는 것이려니,

* 제자題字 : 서적의 머리나 족자, 비석 따위에 쓴 글자

(나도 일찍이, 점두록* 흐르는 강가에
　이 아이를 뜻도 아니한 시름에 겨워
　풀피리만 찢은 일이 있다)

이 아이의 비단결 숨소리를 보라.
이 아이의 씩씩하고도 보드라운 모습을 보라.
이 아이 입술에 깃들인 박꽃 웃음을 보라.

(나는, 쌀, 돈셈, 지붕 샐 것이 문득 마음 키인다)

반딧불 하릿하게* 날고
지렁이 기름불만치 우는 밤,
모여드는 훗훗한 바람에
슬프지도 않은 태극선 자루가 나부끼다.

* 점두록 : 날이 저물도록, 하루해가 저물도록 등의 뜻으로 사용하
　　　　　는 전라도 사투리
* 하릿하게 : 흐릿하게

카페 프란스

옮겨다 심은 종려나무 밑에
삐뚜루 선 장명등,
카페 프란스에 가자.

이놈은 루바시카＊
또 한 놈은 보헤미안 넥타이
삐쩍 마른 놈이 앞장을 섰다.

밤비는 뱀눈처럼 가는데
페이브먼트＊에 흐느끼는 불빛
카페 프란스에 가자.

이놈의 머리는 빗두른 능금
또 한 놈의 심장은 벌레 먹은 장미
제비처럼 젖은 놈이 뛰어간다.

＊ 루바시카 : 블라우스와 비슷한 러시아의 남성용 겉저고리
＊ 페이브먼트 : 포장도로

「오오 패럿(앵무) 서방! 굿 이브닝!」

「굿 이브닝!」(이 친구 어떠하시오?)

울금향鬱金香* 아가씨는 이 밤에도
경사更紗* 커—튼 밑에서 조시는구려!

나는 자작子爵의 아들도 아무것도 아니란다.
남달리 손이 희어서 슬프구나!

나는 나라도 집도 없단다
대리석 테이블에 닿는 내 뺨이 슬프구나!

오오, 이국종異國種 강아지야
내 발을 빨아다오.
내 발을 빨아다오.

* 울금향鬱金香 : 튤립
* 경사更紗 : 다섯 가지 빛깔을 이용하여 인물, 조수鳥獸, 화목花木
  또는 기하학적 무늬를 물들인 피륙

슬픈 인상화印像畵

수박 냄새 품어 오는
첫여름의 저녁 때……

먼 해안 쪽
길옆 나무에 늘어선
전등. 전등.
헤엄쳐 나온 듯이 깜박거리고 빛나누나.

침울하게 울려오는
축항築港의 기적 소리…… 기적 소리……
이국異國 정조情調로 퍼덕이는
세관의 깃발. 깃발.

시멘트 깐 인도 측으로 사폿 사폿 옮기는
하이얀 양장洋裝의 점경點景!

그는 흘러가는 실심失心한 풍경이어니……
부질없이 오렌지 껍질 씹는 시름……

아아, 애시리愛施利 황黃!
그대는 상해로 가는구려……

조약돌

조약돌 도글도글……
그는 나의 혼魂의 조각이러뇨.

앓는 피에로의 설움과
첫길에 고달픈
청靑제비의 푸념 겨운 지줄댐과,
꼬집어 아직 붉어 오르는
피에 맺혀,
비 날리는 이국 거리를
탄식하며 헤매누나.

조약돌 도글도글……
그는 나의 혼魂의 조각이러뇨.

피리

자네는 인어를 잡아
아씨를 삼을 수 있나?

달이 이리 창백한 밤엔
따뜻한 바다 속에 여행도 하려니.

자네는 유리 같은 유령이 되어
뼈만 앙상하게 보일 수 있나?

달이 이리 창백한 밤엔
풍선을 잡아타고
화분花粉 날리는 하늘로 둥둥 떠오르기도 하려니.

아무도 없는 나무 그늘 속에서
피리와 단둘이 이야기하노니.

달리아

가을볕 째앵 하게
내려 쪼이는 잔디밭.

함빡 피어난 달리아
한낮에 함빡 핀 달리아.

시약시야, 네 살빛도
익을 대로 익었구나.

젖가슴과 부끄럼성이
익을 대로 익었구나.

시약시야, 순하디 순하여 다오.
암사슴처럼 뛰어다녀 보아라.

물오리 떠돌아다니는
흰 못물 같은 하늘 밑에,

함빡 피어 나온 달리아.
피다 못해 터져 나오는 달리아.

홍춘紅椿*

춘椿나무 꽃 피 뱉은 듯 붉게 타고
더딘 봄날 반은 기울어
물방아 시름없이 돌아간다.

어린아이들 제 춤에 뜻 없는 노래를 부르고
솜병아리 양지쪽에 모이를 가리고 있다.

아지랑이 졸음 조는 마을길에 고달파
아름아름 알아질 일도 몰라서
여윈 볼만 만지고 돌아오노니.

* 홍춘紅椿 : 붉은 동백나무를 가리킴

044

저녁 햇살

불 피어오르듯 하는 술
한숨에 키여도* 아아 배고파라.

수줍은 듯 놓인 유리컵
바쟉바쟉 씹는 대로 배고프리.

네 눈은 고만高慢스런* 흑黑 단추.
네 입술은 서운한 가을철 수박 한 점.

빨아도 빨아도 배고프리.

술집 창문에 붉은 저녁 햇살
연연하게 탄다, 아아 배고파라.

* 키여도 : 들이켜도
* 고만高慢스런 : 뽐내어 건방진 듯한

벚나무 열매

윗입술에 그 벚나무 열매가 다 나섰니?
그래 그 벚나무 열매가 지운 듯 스러졌니?
그끄제 밤에 네가 참버리처럼 닝닝거리고 간 뒤로—
불빛은 송홧가루 뿌린 듯 무리를 둘러쓰고
문풍지에 어렴풋이 얼음 풀린 먼 여울이 떠는구나.
바람세는 연사흘 두고 유달리도 미끄러워
한창 때 삭신이 덧나기도 쉽단다.
외로운 섬 강화도로 떠날 임시臨時* 해서—
윗입술에 그 벚나무 열매가 안 나아서 쓰겠니?
그래 그 벚나무 열매를 그대로 달고 가려니?

* 임시臨時 : 정해진 시간에 이름 또는 그 무렵

048

엽서에 쓴 글

나비가 한 마리 날아 들어온 양 하고
이 종잇장에 불빛을 돌려대 보시압.
제대로 한동안 파닥거려 오리다.
—대수롭지도 않은 산목숨과도 같이.
그러나 당신의 열적은 오라범 하나가
먼데 가까운데 가운데 불을 헤이며 헤이며
찬비에 함추름 휘적시고 왔소.
—서럽지도 않은 이야기와도 같이.
누나, 검은 이 밤이 다 희도록
참한 뮤-즈처럼 주무시압.
해발 이천 피트 산봉우리 위에서
이제 바람이 내려옵니다.

선취 船醉

배 난간에 기대서서 휘파람을 날리나니
새까만 등솔기에 팔월달 햇살이 따가워라.

금단추 다섯 개 달은 자랑스러움, 내처 시달품.
아리랑 조라도 찾아볼까, 그 전날 부르던,

아리랑 조 그도 저도 다 잊었습네, 인제는 벌써,
금단추 다섯 개를 뿌리고 가자, 파아란 바다 위에.

담배도 못 피우는, 수탉 같은 머언 사랑을
홀로 피우며 가노니, 늬긋 늬긋 흔들 흔들리면서.

봄

윗까마귀 울며 나른 아래로
허울한* 돌기둥 넷이 서고,
이끼 흔적 푸르른데
황혼이 붉게 물들다.

거북등 솟아오른 다리
길기도 한 다리,
바람이 수면에 옮기니
휘이 비껴 쓸리다.

　＊ 허울한 : 낡은, 허름한

슬픈 기차

　우리들의 기차는 아지랑이 남실거리는 섬나라 봄날 온
하루를 익살스런 마도로스파이프＊로 피우며 간 단 다.
　우리들의 기차는 느으릿 느으릿 유월소 걸어가듯 걸어
간 단 다.

　우리들의 기차는 노오란 배추꽃 비탈밭 새로
　헐레벌떡거리며 지나 간 단 다.

　나는 언제든지 슬프기는 슬프나마 마음만은 가벼워
　나는 차창에 기댄 대로 휘파람이나 날리자.

　먼 데 산이 군마軍馬처럼 뛰어오고 가까운데 수풀이 바
람처럼 불려가고
　유리판을 펼친 듯, 뇌호내해瀬戸内海＊ 퍼언한 물 물.
물. 물.
　손가락을 담그면 포도빛이 들으렸다.

＊ 마도로스파이프 : 담배통이 크고 뭉툭하며 대가 짧은 서양식 담뱃대
　　　　　　　　 의 하나로, 뱃사람들이 주로 사용한 데서 유래함
＊ 뇌호내해瀬戸内海 : 세토나이카이せとないかい, 일본의 주고쿠, 시
　　　　　　　 코쿠, 규슈로 둘러싸인 다도해

입술에 적시면 탄산수처럼 끓으렸다.

복스런 돛폭에 바람을 안고 뭇배가 팽이처럼 밀려가 다 간,

나비가 되어 날아간다.

나는 차창에 기댄 대로 옥토끼처럼 고마운 잠이나 들자.

청靑만틀* 깃자락에 마담 R의 고달픈 뺨이 불그레 피었다. 고운 석탄불처럼 이글거린다.

당치도 않은 어린아이 잠재우기 노래를 부르심은 무슨 뜻이뇨?

잠들어라.

가여운 내 아들아.

잠들어라.

나는 아들이 아닌 것을, 윗수염 자리 잡혀가는, 어린 아들이 버얼써 아닌 것을.

나는 유리쪽에 갑갑한 입김을 비추어 내가 제일 좋아하는 이름이나 그시며 가 자.

나는 늬긋 늬긋한 가슴을 밀감蜜柑쪽으로나 씻어 내리자.

* 만틀 : 맨틀mantle, 여성용 망토와 비슷한 외투의 일종

대수풀 울타리마다 요염한 관능과 같은 홍춘이 피맺혀
있다.

마당마다 솜병아리 털이 폭신폭신하고,

지붕마다 연기도 아니 뵈는 햇볕이 타고 있다.

오오, 개인 날씨야, 사랑과 같은 어질머리야, 어질머리야.

청만틀 깃자락에 마담 R의 가여운 입술이 여태껏 떨고
있다.

누나다운 입술을 오늘이야 실컷 절하며 갚노라.

나는 언제든지 슬프기는 슬프나마,

오오, 나는 차보다 더 날아가지는 아니하련다.

황마차幌馬車

　이제 마악 돌아나가는 곳은 시계집 모퉁이, 낮에는 처마 끝에 달아맨 종달새란 놈이 도회 바람에 나이를 먹어 조금 연기 끼인 듯한 소리로 사람 흘러 내려가는 쪽으로 그저 지줄지줄거립데다.

　그 고달픈 듯이 깜박깜박 졸고 있는 모양이—가여운 잠의 한점이랄지요—붙일 데 없는 내 맘에 떠오릅니다. 쓰다듬어주고 싶은, 쓰다듬을 받고 싶은 마음이올시다. 가엾은 내 그림자는 검은 상복처럼 지향 없이 흘러 내려갑니다. 촉촉이 젖은 리본 떨어진 낭만풍의 모자 밑에는 금붕어의 분류奔流*와 같은 밤경치가 흘러 내려갑니다. 길옆에 늘어선 어린 은행나무들은 이국 척후병의 걸음제로 조용히 흘러 내려갑니다.

　슬픈 은銀안경이 흐릿하게
　밤비는 옆으로 무지개를 그린다.

* 분류奔流 : 내달리듯이 아주 빠르고 세차게 흐름, 또는 그런 물줄기

이따금 지나가는 늦은 전차가 끼이익 돌아나가는 소리에 내 조그만 혼이 놀란 듯이 파닥거리나이다. 가고 싶어 따뜻한 화롯가를 찾아가고 싶어. 좋아하는 코-란경을 읽으면서 남경南京콩이나 까먹고 싶어, 그러나 나는 찾아 돌아갈 데가 있을라구요?

네거리 모퉁이에 씩 씩 뽑아 올라간 붉은 벽돌집 탑에서는 거만스런 열두 시가 피뢰침에게 위엄 있는 손가락을 치켜들었소. 이제야 내 모가지가 쭈뻣 떨어질 듯도 하구려. 솔잎새 같은 모양새를 하고 걸어가는 나를 높다란 데서 굽어보는 것은 아주 재미있을 게지요. 마음 놓고 술술 소변이라도 볼까요. 헬멧 쓴 야경순사가 필름처럼 쫓아오겠지요!

네거리 모퉁이 붉은 담벼락이 흠씩 젖었소. 슬픈 도회의 뺨이 젖었소. 마음은 열없이 사랑의 낙서를 하고 있소. 홀로 글썽글썽 눈물짓고 있는 것은 가엾은 소-냐의 신세를 비추는 빨간 전등의 눈알이외다. 우리들의 그 전날 밤은 이다지도 슬픈지요. 이다지도 외로운지요. 그러면 여기서 두 손을 가슴에 여미고 당신을 기다리고 있으리까?

길이 아주 질어 터져서 뱀 눈알 같은 것이 반짝반짝 어리고 있소. 구두가 어찌나 크던동 걸어가면서 졸음님이 오십니다. 진흙에 착 붙어버릴 듯하오. 철없이 그리워 동그스레한 당신의 어깨가 그리워, 거기에 내 머리를 대면 언제든지 머언 따듯한 바다 울음이 들려오더니……

……아아, 아무리 기다려도 못 오실 이를……

기다려도 못 오실 이 때문에 졸리운 마음은 황마차를 부르노니, 휘파람처럼 불려오는 황마차를 부르노니, 은으로 만들은 슬픔을 실은 원앙새 털 깔은 황마차, 꼬옥 당신처럼 참한 황마차, 찰 찰찰 황마차를 기다리노니.

새빨간 기관차

느으릿 느으릿 한눈파는 겨를에
사랑이 쉬이 알아질까도 싶구나.
어린아이야, 달려가자.
두 뺨에 피어오른 어여쁜 불이
일찍 꺼져버리면 어찌 하자니?
줄달음질 쳐 가자.
바람은 휘잉. 휘잉.
만틀 자락에 몸이 떠오를 듯.
눈보라는 풀. 풀.
붕어새끼 꾀어내는 모이 같다.
어린아이야, 아무것도 모르는
새빨간 기관차처럼 달려가자!

밤

눈 머금은 구름 새로
흰 달이 흐르고,

처마에 서린 탱자나무가 흐르고,

외로운 촛불이, 물새의 보금자리가 흐르고……

표범 껍질에 호젓하이 쌓이어
나는 이 밤, 「적막한 홍수」를 누워 건너다.

호수 1

얼굴 하나 야
손바닥 둘 로
폭 가리지 만,

보고 싶은 마음
호수만 하니
눈 감을 밖에.

호수 2

오리 모가지는
호수를 감는다.

오리 모가지는
자꾸 간지러워.

호면湖面

손바닥을 울리는 소리
곱다랗게 건너간다.

그 뒤로 흰 거위가 미끄러진다.

겨울

빗방울 내리다 누뤼*알로 구을러
한밤중 잉크빛 바다를 건너다.

* 누뤼 : '우박'의 방언

달

선뜻! 뜨인 눈에 하나 차는 영창
달이 이제 밀물처럼 밀려오다.

미욱한 잠과 베개를 벗어나
부르는 이 없이 불려 나가다.

한밤에 홀로 보는 나의 마당은
호수같이 둥그시 차고 넘치누나.

쪼그리고 앉은 한옆에 흰 돌도
이마가 유달리 함초롬 고와라.

연연턴 녹음, 수묵색으로 짙은데
한창때 곤한 잠인 양 숨소리 설키도다.

비둘기는 무엇이 궁거워* 구구 우느뇨,
오동나무 꽃이야 못 견디게 향그럽다.

* 궁거워 : 궁금하여

절정 絕頂

석벽에는
주사朱砂가 찍혀 있소.
이슬 같은 물이 흐르오.
나래 붉은 새가
위태한 데 앉아 따먹으오
산포도*순이 지나갔소.
향그런 꽃뱀이
고원高原 꿈에 옴치고 있소.
거대한 죽음 같은 장엄한 이마,
기후조氣候鳥*가 첫 번 돌아오는 곳,
상현달이 사라지는 곳,
쌍무지개 다리 드디는 곳,
아래서 볼 때 오리온성좌와 키가 나란하오.
나는 이제 상상봉上上峯에 섰소.
별만 한 흰 꽃이 하늘대오.
민들레 같은 두 다리 간조롱해지오.*
해 솟아오르는 동해—
바람에 향하는 먼 기旗폭처럼
뺨에 나부끼오.

﹡ 산포도 : 머루
﹡ 기후조氣候鳥 : 철새
﹡ 간조롱해지오 : 가지런해지오

풍랑몽風浪夢 1

당신께서 오신다니
당신은 어찌나 오시려십니까.

끝없는 울음 바다를 안으올 때
포도빛 밤이 밀려오듯이,
그 모양으로 오시려십니까.

당신께서 오신다니
당신은 어찌나 오시려십니까.

물 건너 외딴 섬, 은회색 거인이
바람 사나운 날, 덮쳐 오듯이,
그 모양으로 오시려십니까.

당신께서 오신다니
당신은 어찌나 오시려십니까.

창밖에는 참새 떼 눈초리 무거웁고
창 안에는 시름겨워 턱을 고일 때,
은고리 같은 새벽달
부끄럼성스런 낯가림을 벗듯이,
그 모양으로 오시려십니까.

외로운 졸음, 풍랑에 어리울 때
앞 포구에는 궂은비 자욱이 들리고
행선行船배 북이 웁니다, 북이 웁니다.

풍랑몽風浪夢 2

바람은 이렇게 몹시도 부옵는데
저 달 영원의 등화燈火!
꺼질 법도 아니하옵거니,
엊저녁 풍랑 위에 님 실려 보내고
아닌 밤중 무서운 꿈에 소스라쳐 깨옵니다.

말 1

청대나무 뿌리를 우어어차! 잡아 뽑다가 궁둥이를 찧었네.

짠 조수물에 흠뻑 불리워 휙 휙 내두르니 보랏빛으로 피어오른 하늘이 만만하게 보여진다.

채축* 에서 바다가 운다.

바다 위에 갈매기가 흩어진다.

오동나무 그늘에서 그리운 양 졸리운 양한 내 형제 말님을 찾아갔지.

「형제여, 좋은 아침이오.」

말님 눈동자에 엊저녁 초사흘달이 하릿하게 돌아간다.

「형제여 뺨을 돌려 대소. 왕왕.」

말님의 하이얀 이빨에 바다가 시리다.

푸른 물 들듯한 언덕에 햇살이 자개처럼 반짝거린다.

「형제여, 날씨가 이리 휘양창 개인 날은 사랑이 부질없어라.」

* 채축 : 채찍

바다가 치마폭 잔주름을 잡아 온다.
「형제여, 내가 부끄러운 데를 싸매었으니
그대는 코를 불으라.」

구름이 대리석 빛으로 퍼져 나간다.
채축이 번뜻 배암*을 그린다.
「오호! 호! 호! 호! 호! 호! 호!」

말님의 앞발이 뒷발이요 뒷발이 앞발이라.
바다가 네 귀로 돈다.
쉿! 쉿! 쉿!
말님의 발이 여덟이요 열여섯이라.
바다가 이리 떼처럼 짖으며 온다.

쉿! 쉿! 쉿!
어깨 위로 넘어 닿는 마파람이 휘파람을 불고
물에서 뭍에서 팔월이 퍼덕인다.

「형제여, 오오, 이 꼬리 긴 영웅이야!
날씨가 이리 휘양창 개인 날은 곱슬머리가 자랑스럽소라!」

* 배암 : 뱀

말 2

까치가 앞서 날고,

말이 따라가고,

바람 소올 소올, 물소리 쫄 쫄 쫄,

유월 하늘이 동그라하다, 앞에는 퍼언한 벌,

아아, 사방이 우리나라라구나.

아아, 웃통 벗기 좋다, 휘파람 불기 좋다, 채찍이 돈다,
돈다, 돈다, 돈다.

말아,

누가 났나? 너를. 너는 몰라.

말아,

누가 났나? 나를. 내도 몰라.

너는 시골 듬에서

사람스런 숨소리를 숨기고 살고

내사 대처 한복판에서

말스런 숨소리를 숨기고 다 자랐다.

시골로나 대처로나 가나 오나

양친 못 보아 서럽더라.

말아,

메아리 소리 쩌르렁! 하게 울어라,

슬픈 놋방울소리 맞춰 내 한마디 할라니.

해는 하늘 한복판, 금빛 해바라기가 돌아가고,

파랑콩 꽃다리 하늘대는 두둑 위로

머언 흰 바다가 치여드네.

말아,

가자, 가자니, 고대古代와 같은 나그네길 떠나가자.

말은 간다.

까치가 따라온다.

바다 1

오·오·오·오·오· 소리치며 달려가니
오·오·오·오·오· 연달아서 몰아온다.

간밤에 잠 살포시
머언 뇌성이 울더니,

오늘 아침 바다는
포도빛으로 부풀어졌다.

철썩, 처얼썩, 철썩, 처얼썩, 철썩,
제비 날아들듯 물결 사이사이로 춤을 추어.

바다 2

한 백년 진흙 속에
숨었다 나온 듯이,

게처럼 옆으로
기어가 보노니,

머언 푸른 하늘 아래로
가없는 모래밭.

바다 3

외로운 마음이
한종일 두고

바다를 불러—

바다 위로
밤이
걸어온다.

바다 4

후주근한 물결 소리 등에 지고 홀로 돌아가노니
어디선지 그 누구 쓰러져 울음 우는 듯한 기적,

돌아 서서 보니 먼 등대가 반짝반짝 깜박이고
갈매기 떼 끼루룩 끼루룩 비를 부르며 날아간다.

울음 우는 이는 등대도 아니고 갈매기도 아니고
어딘지 홀로 떨어진 이름 모를 서러움이 하나.

바다 5

바둑돌은
내 손아귀에 만져지는 것이
퍽은 좋은가 보아.

그러나 나는
푸른 바다 한복판에 던졌지.

바둑돌은
바다로 거꾸로 떨어지는 것이
퍽은 신기한가 보아.

당신도 인제는
나를 그만만 만지시고,
귀를 들어 팽개를 치십시오.

나라는 나도
바다로 거꾸로 떨어지는 것이,
퍽은 시원해요.

바독돌의 마음과

이 내 심사는

아아무도 모르지라요.

갈매기

돌아다보아야 언덕 하나 없다, 솔나무 하나 떠는 풀잎 하나 없다.

해는 하늘 한복판에 백금 도가니처럼 끓고, 똥그란 바다는 이제 팽이처럼 돌아간다.

갈매기야, 갈매기야, 너는 고양이 소리를 하는구나.

고양이가 이런 데 살 리야 있나, 너는 어디서 났니? 목이야 희기도 희다, 나래도 희다, 발톱이 깨끗하다, 뛰는 고기를 문다.

흰 물결이 치여들 때 푸른 물구비가 내려앉을 때,

갈매기야, 갈매기야 아는 듯 모르는 듯 너는 생겨났지,

내사 검은 밤비가 섬돌 위에 울 때 호롱불 앞에 났다더라.

내사 어머니도 있다, 아버지도 있다, 그이들은 머리가 희시다.

나는 허리가 가는 청년이라, 내 홀로 사모한 이도 있다, 대추나무 꽃피는 동네다 두고 왔단다.

갈매기야, 갈매기야, 너는 목으로 물결을 감는다, 발톱으로 민다.

물속을 든다, 솟는다, 떠돈다, 모로 난다.

너는 쌀을 아니 먹어도 사나? 내 손이사 짓부풀어졌다.

수평선 위에 구름이 이상하다, 돛폭에 바람이 이상하다.
팔뚝을 끼고 눈을 감았다, 바다의 외로움이 검은 넥타이
처럼 만져진다.

제 2 장

고 향

해바라기 씨

해바라기 씨를 심자.
담모롱이 참새 눈 숨기고
해바라기 씨를 심자.

누나가 손으로 다지고 나면
바둑이가 앞발로 다지고
괭이가 꼬리로 다진다.

우리가 눈감고 한밤 자고 나면
이슬이 내려와 같이 자고 가고,

우리가 이웃에 간 동안에
햇빛이 입맞추고 가고,

해바라기는 첫 시약시인데
사흘이 지나도 부끄러워
고개를 아니 든다.

가만히 엿보러 왔다가
소리를 깩! 지르고 간 놈이―
오오, 사철나무 잎에 숨은
청개구리 고놈이다.

지는 해

우리 오빠 가신 곳은
해님 지는 서해 건너
멀리 멀리 가셨다네.
웬일인가 저 하늘이
핏빛보담 무섭구나!
난리 났나. 불이 났나.

121

띠

하늘 위에 사는 사람
머리에다 띠를 띠고,

이 땅 위에 사는 사람
허리에다 띠를 띠고,

땅속나라 사는 사람
발목에다 띠를 띠네.

산 너머 저쪽

산 너머 저쪽에는
누가 사나?

뻐꾸기 영 위에서
한나절 울음 운다.

산 너머 저쪽에는
누가 사나?

철나무 치는 소리만
서로 맞어 쩌 르 렁!

산 너머 저쪽에는
누가 사나?

늘 오던 바늘장수도
이 봄 들며 아니 뵈네.

홍시

어저께도 홍시 하나.
오늘에도 홍시 하나.

까마귀야. 까마귀야.
우리 남게* 왜 앉았나.

우리 오빠 오시걸랑.
맛 뵐라구 남겨뒀다.

후락 딱 딱
훠이 훠이!

* 남게 : 나무에

무서운 시계

오빠가 가시고 난 방 안에
숯불이 박꽃처럼 새워 간다.

산모루* 돌아가는 차, 목이 쉬어
이밤사 말고 비가 오시려나?

망토 자락을 여미며 여미며
검은 유리만 내어다 보시겠지!

오빠가 가시고 나신 방 안에
시계 소리 서마 서마 무서워.

* 산모루 : '산모롱이'의 잘못

삼월 삼짇날

중, 중, 때때중,
우리 애기 까까머리.

삼월 삼짇날,
질나라비, 훨, 훨,
제비 새끼, 훨, 훨,

쑥 뜯어다가
개피떡 만들어.
호, 호, 잠들여 놓고
냥, 냥, 잘도 먹었다.

중, 중, 때때 중,
우리 애기 상제*로 사갑소.

＊ 상제 : 상좌上佐, 절의 행자

딸레

딸레와 쬐그만 아주머니,
앵두나무 밑에서
우리는 늘 셋동무.

딸레는 잘못하다
눈이 멀어 나갔네.

눈먼 딸레 찾으러 갔다 오니,
쬐그만 아주머니마저
누가 데려갔네.

방울 혼자 흔들다
나는 싫어 울었다.

산소

서낭산골 시오리 뒤로 두고
어린 누이 산소를 묻고 왔소.
해마다 봄바람 불어를 오면,
나들이 간 집새 찾아가라고
남먼히* 피는 꽃을 심고 왔소.

* 남먼히 : 물끄러미

종달새

삼동 내— 얼었다 나온 나를
종달새 지리 지리 지리리……

왜 저리 놀려 대누.

어머니 없이 자란 나를
종달새 지리 지리 지리리……

왜 저리 놀려 대누.

해바른 봄날 한종일 두고
모래톱에서 나 홀로 놀자.

137

병

부엉이 울던 밤
누나의 이야기—

파랑병을 깨치면
금시 파랑 바다.

빨강병을 깨치면
금시 빨강 바다.

뻐꾸기 울던 날
누나 시집갔네—

파랑병을 깨트려
하늘 혼자 보고.

빨강병을 깨트려
하늘 혼자 보고.

할아버지

할아버지가
담뱃대를 물고
들에 나가시니,
궂은 날도
곱게 개이고,

할아버지가
도롱이를 입고
들에 나가시니,
가문 날도
비가 오시네.

말

말아, 다락 같은 말아,
너는 점잔도 하다마는
너는 왜 그리 슬퍼 뵈니?
말아, 사람 편인 말아,
검정 콩 푸렁 콩을 주마.

이 말은 누가 난 줄도 모르고
밤이면 먼 데 달을 보며 잔다.

산에서 온 새

새삼나무 싹이 튼 담 위에
산에서 온 새가 울음 운다.

산엣 새는 파랑치마 입고.
산엣 새는 빨강모자 쓰고.

눈에 아름아름 보고 지고.
발 벗고 간 누이 보고 지고.

따순 봄날 이른 아침부터
산에서 온 새가 울음 운다.

바람

바람.
바람.
바람.

너는 내 귀가 좋으냐?
너는 내 코가 좋으냐?
너는 내 손이 좋으냐?

내사 온통 빨개졌네.

내사 아무렇지도 않다.

호 호 추워라 구보로!

별똥

별똥 떨어진 곳,

마음에 두었다

다음날 가보려,

벼르다 벼르다

인젠 다 자랐소.

기차

할머니
무엇이 그리 슬퍼 우시나?
울며 울며
녹아도鹿兒島로 간다.

해진 왜포 수건에
눈물이 함촉,
엉! 눈에 어른거려
기대도 기대도
내 잠 못 들겠소.

내도 이가 아파서
고향 찾아가오.

배추꽃 노란 사월 바람을
기차는 간다고
악 물며 악물며 달린다.

고향

고향에 고향에 돌아와도
그리던 고향은 아니러뇨.

산꿩이 알을 품고
뻐꾸기 제철에 울건만,

마음은 제 고향 지니지 않고
머언 항구港口로 떠도는 구름.

오늘도 메* 끝에 홀로 오르니
흰 점 꽃이 인정스레 웃고,

어린 시절에 불던 풀피리 소리 아니 나고
메마른 입술에 쓰디쓰다.

고향에 고향에 돌아와도
그리던 하늘만이 높푸르구나.

* 메 : '산'을 예스럽게 이르는 말

153

산엣 색시 들녘 사내

산엣 새는 산으로,
들녘 새는 들로,
산엣 색시 잡으러
산에 가세.

작은 재를 넘어 서서,
큰 봉엘 올라서서,

「호—이」
「호—이」

산엣 색시 날래기가
표범 같다.

치달려 달아나는
산엣 색시,
활을 쏘아 잡었습나?

아아니다,
들녘 사내 잡은 손은
차마 못 놓더라.

산엣 색시,
들녘 쌀을 먹였더니
산엣 말을 잊었습데.

들녘 마당에
밤이 들어,
활 활 타오르는 화톳불 너머
넘어다 보면—

들녘 사내 선웃음 소리,
산엣 색시
얼굴 와락 붉었더라.

내 맘에 맞는 이

당신은 내 맘에 꼭 맞는 이.
잘난 남보다 조그만치만
어리둥절 어리석은 척
옛사람처럼 사람 좋게 웃어 좀 보시오.
이리 좀 돌고 저리 좀 돌아보시오.
코 쥐고 뺑뺑이 치다 절 한 번만 합쇼.

호. 호. 호. 호. 내 맘에 꼭 맞는 이.

큰 말 타신 당신이
쌍무지개 홍예문 틀어세운 벌로
내달리시면
나는 산날맹이* 잔디밭에 앉아
기[ㅁ쉬]를 부르지요.

「앞으로—가. 요.」
「뒤로—가. 요.」

키는 후리후리. 어깨는 산고개 같아요.
호. 호. 호. 호. 내 맘에 맞는 이.

* 산날맹이 : 산등성이

159

무어래요

한길로만 오시다
한 고개 넘어 우리 집.
앞문으로 오시지는 말고
뒷동산 사잇길로 오십쇼.
늦은 봄날
복사꽃 연분홍 이슬비가 내리시거든
뒷동산 사잇길로 오십쇼.
바람 피해 오시는 이처럼 들르시면
누가 무어래요?

숨기 내기

날— 눈 감기고 숨으십쇼.
잣나무 알암나무 안고 돌으시면
나는 샅샅이 찾아보지요.

숨기 내기 해종일 하면은
나는 서러워진답니다.

서러워지기 전에
파랑새 사냥을 가지요.

떠나온 지 오랜 시골 다시 찾아
파랑새 사냥을 가지요.

비둘기

저 어느 새 떼가 저렇게 날아오나?
저 어느 새 떼가 저렇게 날아오나?

사월달 햇살이
물 농오리* 치듯 하네.

하늘바라기 하늘만 쳐다보다가
하마 자칫 잊을 뻔했던
사랑, 사랑이

비둘기 타고 오네요.
비둘기 타고 오네요.

* 농오리 : 너울, 바다의 크고 사나운 물결

제 3 장

다른
하늘

바다 1

고래가 이제 횡단한 뒤
해협이 천막처럼 퍼덕이오.

⋯⋯흰 물결 피어오르는 아래로 바둑돌 자꾸 자꾸 내려
가고,

은방울 날리듯 떠오르는 바다종달새⋯⋯

한나절 노려보오 훔켜잡아 고 빨간 살 뺏으려고.

미역 잎새 향기한 바위틈에
진달래꽃빛 조개가 햇살 쪼이고,

청제비 제 날개에 미끄러져 도―네
유리판 같은 하늘에.
바다는― 속속들이 보이오.
청댓잎처럼 푸른
바다
봄

꽃봉오리 줄등 켜듯 한
조그만 산으로— 하고 있을까요.

솔나무 대나무
다옥한 수풀로— 하고 있을까요.

노랑 검정 알롱달롱한
블랑키트 두르고 쪼그린 호랑이로— 하고 있을까요.

당신은 「이러한 풍경」을 데리고
흰 연기 같은
바다
멀리 멀리 항해합쇼.

171

바다 2

바다는 뿔뿔이
달아나려고 했다.

푸른 도마뱀 떼같이
재재발렀다.

꼬리가 이루
잡히지 않았다.

흰 발톱에 찢긴
산호보다 붉고 슬픈 생채기!

가까스로 몰아다 부치고
변죽을 둘러 손질하여 물기를 시쳤다.*

이 앨쓴 해도海圖에
손을 씻고 떼었다.

* 시쳤다 : '씻었다' 의 방언

찰찰 넘치도록
돌돌 구르도록

희동그란히 받쳐 들었다!
지구는 연잎인 양 오므라들고…… 펴고……

비로봉

백화白樺* 수풀 앙당한 속에
계절季節이 쪼그리고 있다.

이곳은 육체 없는 요적寥寂*한 향연장
이마에 스며드는 향료香料로운 자양滋養!

해발 오천 피트 권운층 위에
그싯는* 성냥불!

동해는 푸른 삽화처럼 옴직 않고
누뤼알이 참벌처럼 옮겨간다.

연정戀情은 그림자마저 벗자
산드랗게 얼어라! 귀뚜라미처럼.

* 백화白樺 : 자작나무
* 요적寥寂 : 고요하고 적적한
* 그싯는 : '긋는' 의 사투리

176

홍역

석탄 속에서 피어 나오는
태고연太古然히 아름다운 불을 둘러
십이월 밤이 고요히 물러앉다.

유리도 빛나지 않고
창장窓帳*도 깊이 내리운 대로—
문에 열쇠가 끼인 대로—

눈보라는 꿀벌 떼처럼
닝닝거리고 설레는데,
어느 마을에서는 홍역이 척촉*처럼 난만*하다.

＊ 창장窓帳 : 창에 둘러치는 휘장
＊ 척촉 : 철쭉
＊ 난만 : 꽃이 활짝 많이 피어 화려함

비극

「비극」의 흰 얼굴을 뵈인 적이 있느냐?

그 손님의 얼굴은 실로 미美하니라.

검은 옷에 가리워 오는 이 고귀한 심방尋訪에 사람들은 부질없이 당황한다.

실상 그가 남기고 간 자취가 얼마나 향그럽기에

오랜 후일에야 평화와 슬픔과 사랑의 선물을 두고 간 줄을 알았다.

그의 발 옮김이 또한 표범의 뒤를 따르듯 조심스럽기에

가리어 듣는 귀가 오직 그의 노크를 안다.

먹[墨]이 말라 시詩가 써지지 아니하는 이 밤에도

나는 맞이할 예비가 있다.

일찍이 나의 딸 하나와 아들 하나를 드린 일이 있기에

혹은 이 밤에 그가 예의를 갖추지 않고 올 양이면

문밖에서 가벼이 사양하겠다!

시계를 죽임

한밤에 벽시계는 불길한 탁목조啄木鳥*!
나의 뇌수를 미신바늘처럼 쫏다.*

일어나 종알거리는 「시간」을 비틀어 죽이다.
잔인한 손아귀에 감기는 가냘픈 모가지여!

오늘은 열 시간 일하였노라.
피로한 이지理智*는 그대로 치차齒車*를 돌리다.

나의 생활은 일절 분노를 잊었노라.
유리 안에 설레는 검은 곰인 양 하품하다.

꿈과 같은 이야기는 꿈에도 아니하련다.
필요하다면 눈물도 제조할 뿐!

* 탁목조啄木鳥 : 딱따구리
* 쫏다 : '쪼다'의 방언
* 이지理智 : 이성과 지혜를 아울러 이르는 말
* 치차齒車 : 톱니바퀴

어쨌든 정각에 꼭 수면하는 것이
고상한 무표정이요 한 취미로 하노라!

명일明日!(일자日字가 아니어도 좋은 영원한 혼례!)
소리 없이 옮겨가는 나의 백금 체펠린*의 유유悠悠한
야간항로여!

<hr />

* 백금 체펠린 : 백금으로 만든 비행선이라는 뜻으로, 독일 군인 체
펠린이 1900년 제조에 성공한 경식 비행선

아침

프로펠러 소리……
선연한 커-브를 돌아나갔다.

쾌청! 짙푸른 유월 도시는 한 층계 더 자랐다.

나는 어깨를 고르다.
하품…… 목을 뽑다.
붉은 수탉 모양 하고
피어오르는 분수를 물었다…… 뿜었다……
햇살이 함빡 백공작의 꼬리를 폈다.

수련이 화판花瓣*을 폈다.
오므라쳤던 잎새. 잎새. 잎새.
방울방울 수은을 바쳤다.
아아 유방처럼 솟아오른 수면!
바람이 굴고 거위가 미끄러지고 하늘이 돈다.

좋은 아침—
나는 탐하듯이 호흡하다.
때는 구김살 없는 흰 돛을 달다.

＊ 화판花瓣 : 꽃잎

바람

바람 속에 장미가 숨고
바람 속에 불이 깃들다.

바람에 별과 바다가 씻기우고
푸른 묏부리와 나래가 솟다.

바람은 음악의 호수
바람은 좋은 알리움!

오롯한 사랑과 진리가 바람에 옥좌를 고이고
커다란 하나와 영원永遠이 펴고 날다.

유리창 1

유리에 차고 슬픈 것이 어른거린다.
열없이 붙어 서서 입김을 흐리우니
길들은 양 언 날개를 파닥거린다.
지우고 보고 지우고 보아도
새까만 밤이 밀려나가고 밀려와 부딪치고,
물먹은 별이, 반짝, 보석처럼 박힌다.
밤에 홀로 유리를 닦는 것은
외로운 황홀한 심사이어니,
고운 폐혈관이 찢어진 채로
아아, 너는 산새처럼 날아갔구나!

유리창 2

내어다 보니
아주 캄캄한 밤,
어험스런 뜰 앞 잣나무가 자꾸 커 올라간다.
돌아서서 자리로 갔다.
나는 목이 마르다.
또, 가까이 가
유리를 입으로 쫏다.
아아, 항 안에 든 금붕어처럼 갑갑하다.
별도 없다, 물도 없다, 휘파람 부는 밤.
소증기선小蒸氣船처럼 흔들리는 창.
투명한 보랏빛 누뤼알아,
이 알몸을 끄집어내라, 때려라, 부릇내라.
나는 열이 오른다.
뺨은 차라리 연정스레히
유리에 부빈다, 차디찬 입맞춤을 마신다.
쓰라리, 알연히, 그싯는 음향——
머언 꽃!
도회에는 고운 화재火災가 오른다.

난초

난초 잎은
차라리 수묵색.

난초 잎에
엷은 안개와 꿈이 오다.

난초 잎은
한밤에 여는 다문 입술이 있다.

난초 잎은
별빛에 눈떴다 돌아눕다.

난초 잎은
드러난 팔구비를 어쩌지 못한다.

난초 잎에
적은 바람이 오다.

난초 잎은
춥다.

촛불과 손

고요히 그싯는 솜씨로
방안 하나 차는 불빛!

별안간 꽃다발에 안긴 듯이
올빼미처럼 일어나 큰 눈을 뜨다.

그대의 붉은 손이
바위틈에 물을 따오다,
산양의 젖을 옮기다,
간소한 채소를 기르다,
오묘한 가지에

장미가 피듯이
그대 손에 초밤불이 낳도다.

해협海峽

포탄으로 뚫은 듯 동그란 선창船窓으로
눈썹까지 부풀어 오른 수평이 엿보고,

하늘이 함폭 내려앉아
크낙한 암탉처럼 품고 있다.

투명한 어족魚族이 행렬하는 위치에
훗하게 차지한 나의 자리여!

망토 깃에 솟은 귀는 소라 속같이
소란한 무인도의 각적角笛*을 불고—

해협 오전 두 시의 고독은 오롯한 원광圓光을 쓰다.
서러울 리 없는 눈물을 소녀처럼 짓자.

나의 청춘은 나의 조국!
다음날 항구의 개인 날씨여!

항해는 정히 연애처럼 비등沸騰하고
이제 어드메쯤 한밤의 태양이 피어오른다.

 * 각적角笛 : 뿔피리

198

다시 해협

정오 가까운 해협은
백묵 흔적이 적력的歷한* 원주圓周*!

마스트* 끝에 붉은 기旗가 하늘보다 곱다.
감람甘藍* 포기 포기 솟아오르듯 무성한 물이랑이여!

반마班馬같이 해구海狗* 같이 어여쁜 섬들이 달려오건만
일일이 만져주지 않고 지나가다.

해협이 물거울 쓰러지듯 휘뚝 하였다.
해협은 엎질러지지 않았다.

* 적력的歷한 : 또렷하고 분명한
* 원주圓周 : 일정한 점에서 같은 거리에 있는 점의 자취
* 마스트 : 돛대
* 감람甘藍 : 양배추
* 해구海狗 : 물개

지구 위로 기어가는 것이
이다지도 호수운* 것이냐!

외진 곳 지날 제 기적汽笛은 무서워서 운다.
당나귀처럼 처량하구나.

해협의 칠월 햇살은
달빛보담 시원타.

화통火筒* 옆 사닥다리에 나란히
제주도 사투리 하는 이와 아주 친했다.

스물한 살 적 첫 항로에
연애보담 담배를 먼저 배웠다.

* 호수운 : '재미있는' 의 방언
* 화통火筒 : 기차, 기선, 공장 따위의 굴뚝

지도

지리교실전용지도는

다시 돌아와 보는 미려한 칠월의 정원.

천도 열도千島列島* 부근 가장 짙푸른 곳은 진실한 바다
보다 깊다.

한가운데 검푸른 점으로 뛰어들기가 얼마나 황홀한 해
학이냐!

의자 위에서 다이빙 자세를 취할 수 있는 순간,

교원실敎員室*의 칠월은 진실한 바다보담 적막하다.

* 천도 열도千島列島 : 쿠릴 열도(러시아 동부, 사할린 주 동쪽에 있는 화
산섬의 무리)
* 교원실敎員室 : 교무실

귀로

포도鋪道로 내리는 밤안개에
어깨가 적이 무거웁다.

이마에 촉觸하는 쌍그란 계절의 입술
거리에 등불이 함폭! 눈물겹구나.

제비도 가고 장미도 숨고
마음은 안으로 상장喪章을 차다.

걸음은 절로 디딜 데 디디는 삼십 적 분별
영탄咏嘆도 아닌 불길한 그림자가 길게 누이다.

밤이면 으레 홀로 돌아오는
붉은 술도 부르지 않는 적막한 습관이여!

불사조不死鳥

비애悲哀! 너는 모양할 수도* 없도다.
너는 나의 가장 안에서 살았도다.

너는 박힌 화살, 날지 않는 새,
나는 너의 슬픈 울음과 아픈 몸짓을 지니노라.

너를 돌려보낼 아무 이웃도 찾지 못하였노라.
은밀히 이르노니―「행복」이 너를 아주 싫어하더라.

너는 짐짓 나의 심장을 차지하였더뇨?
비애! 오오 나의 신부! 너를 위하여 나의 창窓과 웃음을
닫았노라.

이제 나의 청춘이 다한 어느 날 너는 죽었도다.
그러나 너를 묻은 아무 석문石門도 보지 못하였노라.

스스로 불탄 자리에서 나래를 펴는
오오 비애! 너의 불사조 나의 눈물이여!

* 모양할 수도 : 모양을 보일 수도

나무

얼굴이 바로 푸른 하늘을 우러렀기에
발이 항시 검은 흙을 향하기 욕되지 않도다.

곡식알이 거꾸로 떨어져도 싹은 반드시 위로!
어느 모양으로 심기어졌더뇨? 이상스런 나무 나의 몸이여!

오오 알맞은 위치! 좋은 위아래!
아담의 슬픈 유산도 그대로 받았노라.

나의 적은 연륜으로 이스라엘의 이천 년을 헤였노라.
나의 존재는 우주의 한낱 초조한 오점이었도다.

목마른 사슴이 샘을 찾아 입을 담그듯이
이제 그리스도의 못 박히신 발의 성혈聖血에 이마를 적
시며—

오오! 신약新約의 태양을 한아름 안다.

은혜

회한도 또한
거룩한 은혜.

깁실*인 듯 가느른 봄볕이
골에 굳은 얼음을 쪼기고,

바늘같이 쓰라림에
솟아 동그는 눈물!

귀밑에 아른거리는
요염한 지옥불을 끄다.

간곡한 한숨이 뉘게로 사무치느뇨?
질식한 영혼에 다시 사랑이 이슬 내리도다.

회한에 나의 해골을 담그고저.
아아 아프고저!

＊ 깁실 : 비단실

별

누워서 보는 별 하나는
진정 멀―고나.

아스름 닫히려는 눈초리와
금실로 이은 듯 가깝기도 하고,

잠 살포시 깨인 한밤엔
창유리에 붙어서 엿보누나.

불현듯, 솟아나듯,
불리울 듯, 맞아들일 듯,

문득, 영혼 안에 외로운 불이
바람처럼 이는 회한에 피어오른다.

흰 자리옷 채로 일어나
가슴 위에 손을 여미다.

임종臨終

나의 임종하는 밤은
귀또리 하나도 울지 말라.

나죽 죄를 들으신 신부神父는
거룩한 산파처럼 나의 영혼을 가르시라.

성모취결례聖母就潔禮* 미사 때 쓰고 남은 황촉黃燭불!

담머리에 숙인 해바라기 꽃과 함께
다른 세상의 태양을 사모하며 돌으라.

영원한 나그네길 노자로 오시는
성주聖主 예수의 쓰신 원광圓光!
나의 영혼에 칠색七色의 무지개를 심으시라.

* 성모취결례聖母就潔禮 : 모세의 법에 따라 예수의 부모가 아기 예
　　　　　　　수를 성전에 바친 사실을 기념하는 축일

나의 평생이오 나중인 괴롬!
사랑의 백금 도가니에 불이 되라.

달고 달으신 성모의 이름 부르기에
나의 입술을 타게 하라.

갈릴리 바다

나의 가슴은
조그만 「갈릴리 바다」.

때 없이 설레는 파도는
미美한 풍경을 이룰 수 없도다.

예전에 문제門弟들은
잠자시는 主주를 깨웠도다.

주를 다만 깨움으로
그들의 신덕信德은 복되도다.

돛폭은 다시 펴고
키는 방향을 찾았도다.

오늘도 나의 조그만 「갈릴리」에서
주主는 짐짓 잠자신 줄을―.

바람과 바다가 잠잠한 후에야
나의 탄식은 깨달았도다.

그의 반半

내 무엇이라 이름하리 그를?
나의 영혼 안의 고운 불,
공손한 이마에 비추는 달,
나의 눈보다 값진 이,
바다에서 솟아올라 나래 떠는 금성金星,
쪽빛 하늘에 흰 꽃을 달은 고산식물,
나의 가지에 머물지 않고
나의 나라에서도 멀다.
홀로 어여삐 스스로 한가로워— 항상 머언 이,
나는 사랑을 모르노라. 오로지 수그릴 뿐.
때 없이 가슴에 두 손이 여미어지며
굽이굽이 돌아나간 시름의 황혼길 위—
나— 바다 이편에 남긴
그의 반임을 고이 지니고 걷노라.

다른 하늘

그의 모습이 눈에 보이지 않았으나
그의 안에서 나의 호흡이 절로 달도다.

물과 성신聖神으로 다시 낳은 이후
나의 날은 날로 새로운 태양이로세!

뭇사람과 소란한 세대世代에서
그가 다만 내게 하신 일을 지니리라!

미리 가지지 않았던 세상이어니
이제 새삼 기다리지 않으련다.

영혼은 불과 사랑으로! 육신은 한낱 괴로움.
보이는 하늘은 나의 무덤을 덮을 뿐.

그의 옷자락이 나의 오관에 사무치지 않았으나
그의 그늘로 나의 다른 하늘을 삼으리라.

또 하나 다른 태양

온 고을이 받들 만한
장미 한 가지가 솟아난다 하기로
그래도 나는 고하 아니하련다.

나는 나의 나이와 별과 바람에도 피로疲勞웁다.

이제 태양을 금시 잃어버린다 하기로
그래도 그리 놀라울 리 없다.

실상 나는 또 하나 다른 태양으로 살았다.

사랑을 위하여 입맛도 잃는다.
외로운 사슴처럼 벙어리 되어 산길에 설지라도―

오오, 나의 행복은 나의 성모 마리아!

제 4 장

백록담

장수산 1

　벌목정정伐木丁丁*이랬거니 아름드리 큰 솔이 베혀짐즉
도 하이 골이 울어 메아리 소리 쩌르렁 돌아옴즉도 하이
다람쥐도 좇지 않고 멧새도 울지 않아 깊은 산 고요가 차
라리 뼈를 저리우는데 눈과 밤이 종이보담 희구나! 달도
보름을 기다려 흰 뜻은 한밤 이 골을 걸음이랸다?* 웃절
중이 여섯 판에 여섯 번 지고 웃고 올라 간 뒤 조찰히* 늙
은 사나이의 남긴 내음새를 줍는다? 시름은 바람도 일지
않는 고요에 심히 흔들리우노니 오오 견디랸다 차고 올연
兀然*히 슬픔도 꿈도 없이 장수산長壽山 속 겨울 한밤 내―

＊ 벌목정정伐木丁丁 : 나무를 벨 때 나는 소리를 표현함
＊ 걸음이랸다? : 걷기 위해서일까?
＊ 조찰히 : 깨끗이
＊ 올연兀然 : 홀로 우뚝한 모양

장수산 2

풀도 떨지 않는 돌산이오 돌도 한 덩이로 열두 골을 고비고비 돌았어라 찬 하늘이 골마다 따로 씌우었고 얼음이 굳이 얼어 디딤돌이 믿음즉 하이 꿩이 기고 곰이 밟은 자국에 나의 발도 놓이노니 물소리 귀또리처럼 즉즉﨎﨏* 하놋다 피락 마락하는 햇살에 눈 위에 눈이 가리어 앉다 흰 시울* 아래에 흰 시울이 눌리어 숨 쉬는다* 온 산중 내려앉는 획진* 시울들이 다치지 안히*! 나도 내던져 앉다 일찍이 진달래꽃 그림자에 붉었던 절벽 보이한 자리 위에!

＊ 즉즉﨎﨏 : 풀벌레가 우는 소리
＊ 시울 : 약간 굽거나 휜 부분의 가장자리, 흔히 눈이나 입의 언저
　　　　리를 이를 때에 씀
＊ 눌리어 숨 쉬는다 : 눌려도 숨 쉬는 것인가
＊ 획진 : 살집이 있어 두드러진
＊ 다치지 안히 : 다치지 않는구나

백록담

1

절정에 가까울수록 뻐꾹채* 꽃키가 점점 소모된다. 한 마루 오르면 허리가 스러지고 다시 한마루 위에서 모가지가 없고 나중에는 얼굴만 갸옷 내다본다. 화문花紋처럼 판版박힌다. 바람이 차기가 함경도 끝과 맞서는 데서 뻐꾹채 키는 아주 없어지고도 팔월 한철엔 흩어진 성신星辰처럼 난만하다. 산 그림자 어둑어둑하면 그러지 않아도 뻐꾹채 꽃밭에서 별들이 켜든다. 제자리에서 별이 옮긴다. 나는 여기서 기진했다.

2

암고란巖古蘭, 환약같이 어여쁜 열매로 목을 축이고 살아 일어섰다.

* 뻐꾹채 : 국화과의 여러해살이풀

234

3

백화白樺 옆에서 백화가 촉루髑髏*가 되기까지 산다. 내가 죽어 백화처럼 흴 것이 숭* 없지 않다.

4

귀신도 쓸쓸하여 살지 않는 한 모퉁이, 도체비꽃이 낮에 혼자 무서워 파랗게 질린다.

5

바야흐로 해발 육천 척 위에서 마소가 사람을 대수롭게 아니 여기고 산다. 말이 말끼리 소가 소끼리, 망아지가 어미 소를 송아지가 어미 말을 따르다가 이내 헤어진다.

6

첫 새끼를 낳느라고 암소가 몹시 혼이 났다. 얼결에 산길 백 리를 돌아 서귀포로 달아났다. 물도 마르기 전에 어미를 여읜 송아지는 움매— 움매— 울었다. 말을 보고도 등산객을 보고도 마구 매달렸다. 우리 새끼들도 모색毛色이 다른 어미한테 맡길 것을 나는 울었다.

* 촉루髑髏 : 해골, 살이 전부 썩은 죽은 사람의 머리뼈
* 숭 : '흉'의 방언

7

풍란風蘭이 풍기는 향기, 꾀꼬리 서로 부르는 소리, 제주 휘파람새 휘파람 부는 소리, 돌에 물이 따로 구르는 소리, 먼 데서 바다가 구길 때 쇠— 쇠— 솔소리, 물푸레 동백 떡갈나무 속에서 나는 길을 잘못 들었다가 다시 췸넝쿨 기어간 흰돌바기 고부랑길로 나섰다. 문득 마주친 아롱점말이 피하지 않는다.

8

고비 고사리 더덕순 도라지꽃 취 삿갓나물 대품 석이石茸별과 같은 방울을 단 고산식물을 새기며 취하며 자며 한다. 백록담 조찰한 물을 그리어 산맥 위에서 짓는 행렬이 구름보다 장엄하다. 소나기 놋낫* 맞으며 무지개에 말리우며 궁둥이에 꽃물 이겨 붙인 채로 살이 붓는다.

9

가재도 기지 않는 백록담 푸른 물에 하늘이 돈다. 불구에 가깝도록 고단한 나의 다리를 돌아 소가 갔다. 좇겨온 실구름 일말에도 백록담은 흐리운다. 나의 얼굴에 한나절 포긴 백록담은 쓸쓸하다. 나는 깨다 졸다 기도조차 잊었더니라.

* 놋낫 : 줄곧 계속적으로

비로봉

담장이
물들고,

다람쥐꼬리
숱이 짙다.

산맥 위의
가을 길─

이마 바르히*
해도 향그롭어

지팽이
자진 마짐*

* 바르히 : 바르게
* 자진 마짐 : 잦은 맞음

흰 들*이
우놋다.*

백화白樺 훌훌
허울 벗고,

꽃 옆에 자고
이는 구름,

바람에
아시우다.*

* 흰 들 : '흰 돌'의 잘못 표기
* 우놋다 : 우는구나
* 아시우다 : '빼앗기다'의 옛 표현으로 이 시에서는 '사라지다'의
　　　　　　　의미

구성동九城洞

골작*에는 흔히
유성流星이 묻힌다.

황혼에
누뤼가 소란히 쌓이기도 하고,

꽃도
귀향 사는 곳,

절터드랬는데
바람도 모이지 않고

산 그림자 설핏*하면
사슴이 일어나 등을 넘어간다.

* 골작 : 골짜기
* 설핏 : 해의 밝은 빛이 약해진 모양

옥류동玉流洞

골에 하늘이
따로 트이고,

폭포 소리 하잔히*
봄 우레를 울다.

날가지 겹겹이
모란 꽃잎 포기이는 듯.

자위* 돌아 사폿* 질 듯
위태로이 솟은 봉오리들.

골이 속 속 접히어 들어
이내(청람晴嵐*)가 새포롬 서그럭거리는 숫도림.*

* 하잔히 : 잔잔하고 한가로이
* 자위 : 무거운 물건이 놓여 있던 자리
* 사폿 : 소리가 거의 나지 않을 정도로 발을 가볍게 내딛는 소리
* 청람晴嵐 : 화창한 날에 아른거리는 아지랑이
* 숫도림 : 사람의 발길이 닿지 않는 외진 곳

246

꽃가루 묻힌 양 날아올라
나래 떠는 해.

보랏빛 햇살이
폭幅지어 빗겨 걸치이매,

기슭에 약초들의
소란한 호흡!

들새도 날아들지 않고
신비神秘가 한끗 저자 선 한낮.

물도 젖여지지 않아
흰 돌 위에 따로 구르고,

닦아 스미는 향기에
길초마다 옷깃이 매워라.

귀또리도
흠식한 양*

옴짓
아니 긴다.*

* 흠식한 양 : 흠씬 들이마신 양
* 옴짓 아니 긴다 : 움직이지 않는다

조찬朝餐

햇살 피어
이윽한 후,

머흘 머흘
골을 옮기는 구름.

길경桔梗* 꽃봉오리
흔들려 씻기우고.

차돌부터
촉 촉 죽순 돋듯.

물소리에
이가 시리다.

앉음새 가리어
양지쪽에 쪼그리고,

서러운 새 되어
흰 밥알을 쫏다.

* 길경桔梗 : 도라지

비

돌에
그늘이 차고,

따로 몰리는
소소리바람.＊

앞섰거니 하여
꼬리 치날리어 세우고,

종종 다리 까칠한
산새 걸음걸이.

여울 지어
수척한 흰 물살,

＊ 소소리바람 : '회오리바람' 의 방언

갈갈이
손가락 펴고.

멎은 듯
새삼 듣는* 비낱

붉은 잎 잎
소란히 밟고 간다.

* 듣는 : 눈물, 빗물 따위의 액체가 방울져 떨어지는

인동차忍冬茶

노주인의 장벽腸壁에
무시無時로 인동忍冬 삼긴 물이 내린다.

자작나무 덩그럭 불이
도로 피어 붉고,

구석에 그늘지어
무가 순 돋아 파릇하고,

흙냄새 훈훈히 김도 사리다가
바깥 풍설風雪 소리에 잠착하다.*

산중에 책력도 없이
삼동三冬이 하이얗다.

* 잠착하다 : '참척하다'의 원말로, 한 가지 일에만 정신을 골똘하
게 쓰다

붉은 손

어깨가 둥글고
머릿단이 칠칠히,
산에서 자라거니
이마가 알빛같이 희다.

검은 버선에 흰 볼을 받아 신고
산과일처럼 얼어 붉은 손,
길 눈을 헤쳐
돌 틈에 트인 물을 따내다.

한 줄기 푸른 연기 올라
지붕도 햇살에 붉어 다사롭고,
처녀는 눈 속에서 다시
벽오동碧梧桐 중허리 파릇한 냄새가 난다.

수줍어 돌아앉고, 철 아닌 나그네 되어,
서려 오르는 김에 낯을 비추우며
돌 틈에 이상하기 하늘 같은 샘물을 기웃거리다.

꽃과 벗

석벽石壁 깎아지른
안돌이* 지돌이,*
한나절 기고 돌았기
이제 다시 아슬아슬하구나.

일곱 걸음 안에
벗은, 호흡이 모자라
바위 잡고 쉬며 쉬며 오를 제,
산꽃을 따,
나의 머리며 옷깃을 꾸미기에,
오히려 바빴다.

나는 번인蕃人*처럼 붉은 꽃을 쓰고,
약하여 다시 위엄스런 벗을
산길에 따르기 한결 즐거웠다.

* 안돌이 : 험한 벼랑길에서 바위 같은 것을 안고 겨우 돌아가게 된 곳
* 지돌이 : 험한 산길에서 바위 같은 것에 등을 대고 겨우 돌아가게
　　　　 된 곳
* 번인蕃人 : 야만인

새소리 끊인 곳,
흰 돌 이마에 휘돌아 서는 다람쥐꼬리로
가을이 짙음을 보았고,

가까운 듯 폭포가 하잔히 울고,
메아리 소리 속에
돌아져 오는
벗의 부름이 더욱 고왔다.

삽시 엄습해 오는
비낱을 피하여,
짐승이 버리고 간 석굴을 찾아들어,
우리는 떨며 주림을 의논하였다.

백화白樺 가지 건너
짙푸르러 찡그린 먼 물이 오르자,
꼬아리*같이 붉은 해가 잠기고,

* 꼬아리 : 꽈리

이제 별과 꽃 사이
길이 끊어진 곳에
불을 피고 누웠다.

낙타털 케트*에
구기인 채
벗은 이내 나비같이 잠들고,

높이 구름 위에 올라,
나릇이 잡힌 벗이 도리어
아내같이 예쁘기에,
눈 뜨고 지키기 싫지 않았다.

＊ 케트 : 키트, 침낭

폭포

산골에서 자란 물도
돌베람빡* 낭떠러지에서 겁이 났다.

눈뎅이 옆에서 졸다가
꽃나무 아래로 우정* 돌아

가재가 기는 골작
죄그만 하늘이 갑갑했다.

갑자기 호숩어지려니
마음 조일밖에.

흰 발톱 갈갈이
앙징스레도 할퀸다.

어쨌든 너무 재재거린다.
내려질리자 쫄뻿 물도 단번에 감수했다.

* 베람빡 : 방이나 칸살의 옆을 둘러막은 둘레의 벽
* 우정 : 일부러

266

심심산천에 고사리밥
모조리 졸리운 날

송홧가루
노랗게 날리네.

산수山水 따러 온 신혼 한 쌍
앵두같이 상기했다.

돌부리 뾰족뾰족 무척 고부라진 길이
아기자기 좋아라 왔지!

하인리히 하이네 적부터
동그란 오오 나의 태양도

겨우 끼리끼리의 발꿈치를
조롱조롱 한나절 따라왔다.

산간에 폭포수는 암만해도 무서워서
긔염 긔염* 긔며 내린다.

　　* 긔염 긔염 : 기어가는 동작

온정溫井

  그대 함께 한나절 벗어나온 그 머흔* 골작이 이제 바람
이 차지하는다 앞 나무의 곱은 가지에 걸리어 바람 부는
가 하니 창을 바로 치놋다* 밤 이윽자 화롯불 아쉬워지고
촛불도 추위 타는 양 눈썹 아사리느니* 나의 눈동자 한밤
에 푸르러 누운 나를 지키는다 푼푼한 그대 말씨 나를 이
내 잠들이고 옮기셨다 조찰한 베개로 그대 예시니* 내
사 나의 슬기와 외롬을 새로 고를밖에! 땅을 쪼기고 솟아
고이는 태고로 한 양 더운 물 어둠속에 홀로 지적거리고
성긴 눈이 별도 없는 거리에 날리어라.

* 머흔 : 험난하고 사나운
* 치놋다 : 치는구나
* 아사리느니 : 움츠러들며 떠니
* 예시니 : 가시니

삽사리

　그날 밤 그대의 밤을 지키던 삽사리 괴임즉도* 하이 짙은 울 가시사립 굳이 닫히었거니 덧문이오 미닫이오 안의 또 촛불 고요히 돌아 환히 새우었거니 눈이 치로 쌓인 고샅길* 인기척도 아니하였거니 무엇에 후젓허든 맘 못 놓이길래 그리 짖었드라니 얼음 아래로 잔돌 사이 뚫로라 죄죄대든 개울 물소리 기어들세라 큰 봉을 돌아 둥그레 둥긋이 넘쳐오든 이윽달도 선뜻 내려설세라 이저리 서대든 것이러냐* 삽사리 그리 굴음즉도 하이 내사 그댈 새레* 그대 것엔들 닿을 법도 하리 삽사리 짖다 이내 허울한 나룻* 도사리고 그대 벗으신 고운 신이마 위하며 자드니라.

* 괴임즉도 : 사랑받을 만도
* 치로 쌓인 고샅길 : 키까지 쌓인 좁은 골목길
* 서대든 것이러냐 : '서성이다' 와 '나대다' 를 합한 말로 이리저리
　　　　　　　　 왔다 갔다 하며 바삐 움직이는 모양을 표현함
* 새레 : 커녕, 고사하고
* 허울한 나룻 : 머리털이나 수염이 자라서 텁수룩한 모양의 털

나비

　시키지 않은 일이 서둘러 하고 싶기에 난로에 싱싱한 물 푸레 갈어 지피고 등피燈皮 호 호 닦어 끼우어 심지 튀기 니 불꽃이 새록 돋다 미리 떼고 걸고 보니 캘린더 이튿날 날짜가 미리 붉다 이제 차츰 밟고 넘을 다람쥐 등솔기같 이 구브레 벋어나갈 연봉連峯* 산맥 길 위에 아슬한 가을 하늘이여 초침 소리 유달리 뚝딱거리는 낙엽 벗은 산장 밤 창窓유리까지에 구름이 드뉘니 후 두 두 두 낙수 짓는 소리 크기 손바닥만 한 어인 나비가 따악 붙어 들여다본 다 가엾어라 열리지 않는 창窓 주먹 쥐어 징징 치니 날을 기식氣息도 없이 네 벽壁이 도리어 날개와 떤다 해발 오천 척 위에 떠도는 한 조각 비 맞은 환상 호흡하노라 서툴러 붙어 있는 이 자재화自在畵* 한 폭은 활활 불 피워 담기어 있는 이상스런 계절이 몹시 부러웁다 날개가 찢어진 채 검은 눈을 잔나비처럼 뜨지나 않을까 무서워라 구름이 다 시 유리에 바위처럼 부서지며 별도 흽쓸려 내려가 산 아 래 어느 마을 위에 총총하뇨 백화白樺숲 희부옇게 어정거 리는 절정 부유스름하기 황혼 같은 밤.

　　* 연봉連峯 : 죽 이어져 있는 산봉우리
　　* 자재화自在畵 : 속박이나 장애가 없이 마음대로인 그림

275

진달래

한 골에서 비를 보고 한 골에서 바람을 보다 한 골에 그늘 딴 골에 양지 따로따로 갈아 밟다 무지개 햇살에 빗걸린* 골 산벌 떼 두름박 지어* 위잉 위잉 두르는 골 잡목雜木 수풀 누릇 불긋 어우러진 속에 감추어져 낮잠 듭신 칡범* 냄새 가장자리를 돌아 어마어마 기어 살아 나온 골 상봉上峯에 올라 별보다 깨끗한 돌을 드니 백화 가지 위에 하도 푸른 하늘…… 포르르 풀매…… 온 산중 홍엽이 수런수런거린다 아랫절 불 켜지 않은 장방에 들어 목침을 달쿠어 발바닥 꼬아리를 슴슴 지지며 그제야 범의 욕을 그놈 저놈 하고 이내 누웠다 바로 머리맡에 물소리 흘리며 어느 한 곬*으로 빠져 나가다가 난데없는 철 아닌 진달래 꽃사태를 만나 나는 만신萬身을 붉히고 서다.

* 빗걸린 : 비스듬히 걸린
* 두름박 지어 : 뒤웅박처럼 무리를 지어
* 칡범 : 몸에 칡덩굴 같은 어룽어룽한 줄무늬가 있는 범
* 곬 : 한쪽으로 트여 나가는 방향이나 길

호랑나비

　화구畵具를 메고 산을 첩첩 들어간 후 이내 종적이 묘연하다 단풍이 이울고* 봉峯마다 찡그리고 눈이 날고 영嶺 위에 매점賣店은 덧문 속문이 닫히고 삼동三冬 내— 열리지 않았다 해를 넘어 봄이 짙도록 눈이 처마와 키가 같았다 대폭大幅 캔버스 위에는 목화송이 같은 한 떨기 지난해 흰 구름이 새로 미끄러지고 폭포 소리 차츰 불고 푸른 하늘 되돌아서 오건만 구두와 안신이 나란히 놓인 채 연애가 비린내를 풍기기 시작했다. 그날 밤 집집 들창마다 석간夕刊에 비린내가 끼치었다 박다博多* 태생 수수한 과부 흰 얼굴이사 회양淮陽 고성高城 사람들끼리에도 익었건만 매점 바깥주인 된 화가는 이름조차 없고 송홧가루 노랗고 뻑 뻑국 고비 고사리 고부라지고 호랑나비 쌍을 지어 훨훨 청산을 넘고.

　* 이울고 : 시들고
　* 박다博多 : 하카타, 일본 규슈 북쪽 후쿠오카 남동부에 있는 항구
　　　　　도시

예장禮裝

　모닝코트에 예장을 갖추고 대만물상大萬物相*에 들어간 한 장년 신사가 있었다 구만물舊萬物* 위에서 아래로 내려뛰었다 윗저고리는 내려가다가 중간 솔가지에 걸리어 벗겨진 채 와이셔츠 바람에 넥타이가 다칠세라 납족이 엎드렸다. 한겨울 내— 흰 손바닥 같은 눈이 내려와 덮어 주곤 주곤 하였다. 장년이 생각하기를 「숨도 아예 쉬지 않아야 춥지 않으리라」고 주검다운 의식을 갖추어 삼동 내— 부복俯伏하였다. 눈도 희기가 겹겹이 예장같이 봄이 짙어서 사라지다.

선취 船醉

해협이 일어서기로만 하니깐
배가 한사코 기어오르다 미끄러지곤 한다.

괴롬이란 참지 않아도 겪어지는 것이
주검이란 죽을 수 있는 것같이.

뇌수가 튀어나오려고 지긋지긋 견딘다.
꼬꼬댁 소리도 할 수 없이

얼빠진 장닭처럼 건들거리며 나가니
갑판은 거북등처럼 뚫고 나가는데 해협이 업히라고만
한다.

젊은 선원이 숫제* 하―모니카를 불고 섰다.
바다의 삼림에서 태풍이나 만나야 감상할 수 있다는 듯이

암만 가려 디딘대도 해협은 자꾸 꺼져 들어간다.
수평선이 없어진 날 단말마의 신혼여행이여!

* 숫제 : 처음부터 차라리, 또는 아예 전적으로

오직 한낱 의무를 찾아내어 그의 선실로 옮기다.
기도도 허락되지 않는 연옥에서 심방尋訪하려고

계단을 내리려니깐
계단이 올라온다.

도어를 부둥켜안고 기억할 수 없다.
하늘이 죄어들어 나의 심장을 짜노라고

영양令孃*은 고독도 아닌 슬픔도 아닌
올빼미 같은 눈을 하고 체모에 기고 있다.*

애련愛憐을 베풀가 하면
즉시 구토가 재촉된다.

연락선에는 일체로 간호가 없다.
징을 치고 뚜우 뚜우 부는 외에

우리들의 짐짝 트렁크에 이마를 대고
여덟 시간 내— 간구懇求하고 또 울었다.

* 영양令孃 : 영애令愛, 윗사람의 딸을 높여 이르는 말
* 체모에 기고 있다 : 체면을 겨우 지키며 힘들어하고 있다는 뜻

유선애상流線哀傷

생김생김이 피아노보담 낫다.
얼마나 뛰어난 연미복 맵시냐.

산뜻한 이 신사를 아스팔트 위로 곤돌라인 듯
몰고들 다니길래 하도 딱하길래 하루 청해왔다.

손에 맞는 품이 길이 아주 들었다.
열고 보니 허술히도 반음半音 키―가 하나 남았더라.

줄창 연습을 시켜도 이건 철로판에서 밴 소리로구나.
무대로 내보낼 생각을 아예 아니했다.

애초 달랑거리는 버릇 때문에 궂은 날 막잡어부렸다.
함초롬 젖어 새초롬하기는새레 회회 떨어 다듬고 나선다.

대체 슬퍼하는 때는 언제길래
아장아장 팩팩거리기가 위주냐.

287

허리가 모조리 가느래지도록 슬픈 행렬에 끼어
아주 천연스레 굴던 게 옆으로 솔쳐나자*—

춘천 삼백 리 벼룻길*을 냅다 뽑는데
그런 상장喪章을 두른 표정은 그만하겠다고 꽉— 꽉—

몇 킬로 휘달리고 나서 거북처럼 흥분한다.
징징거리는 신경神經 방석 위에 소스듬* 이대로 견딜밖에.

쌍쌍이 날아오는 풍경들을 뺨으로 헤치며
내처 살풋 엉긴 꿈을 깨어 진저리를 쳤다.

어느 화원花園으로 꾀어내어 바늘로 찔렀더니만
그만 호접蝴蝶*같이 죽더라.

* 솔쳐나자 : 빠져나오자
* 벼룻길 : 아래가 강가나 바닷가로 통하는 벼랑길
* 소스듬 : 그런대로 잠깐
* 호접蝴蝶 : 호랑나비

288

춘설春雪

문 열자 선뜻!
먼 산이 이마에 차라.

우수절雨水節 들어
바로 초하루 아침,

새삼스레 눈이 덮인 뫼뿌리와
서늘옵고 빛난 이마받이하다.

얼음 금 가고 바람 새로 따르거니
흰 옷고름 절로 향기로워라.

옹숭거리고 살아난 양이
아아 꿈같기에 서러워라.

미나리 파릇한 새순 돋고
옴짓 아니 기던 고기 입이 오물거리는,

꽃 피기 전 철 아닌 눈에
핫옷* 벗고 도로 춥고 싶어라.

* 핫옷 : 안에 솜을 두어 만든 옷

소곡小曲

물새도 잠들어 깃을 사리는
이 아닌 밤에,

명수대明水臺 바위틈 진달래꽃
어쩌면 타는 듯 붉으뇨.

오는 물, 기는 물,
내쳐 보내고, 헤어질 물

바람이사 애초 못 믿을 손,
입맞추곤 이내 옮겨가네.

해마다 제철이면
한 등걸에 핀다기소니,

들새도 날아와
애닲다 눈물짓는 아침엔,

이울어 하롱하롱 지는 꽃잎,
설지* 않으랴, 푸른 물에 실려가기,

아깝고야, 아기자기
한창인 이 봄밤을,

촛불 켜들고 밝히소.
아니 붉고 어찌료.

* 설지 : 서럽지

파라솔

연잎에서 연잎 내가 나듯이
그는 연잎 냄새가 난다.

해협을 넘어 옮겨다 심어도
푸르리라, 해협이 푸르듯이.

불시로 상기되는 뺨이
성이 가시다, 꽃이 스사로* 괴롭듯.

눈물을 오래 어리우지 않는다.
윤전기 앞에서 천사처럼 바쁘다.

붉은 장미 한 가지 고르기를 평생 삼가리,
대개 흰 나리꽃으로 선사한다.

원래 벅찬 호수에 날아들었던 것이라
어차피 헤기는 헤어 나간다.

* 스사로 : '스스로'의 방언

학예회 마지막 무대에서
자포自暴*스런 백조인 양 홍청거렸다.

부끄럽기도 하나 잘 먹는다
끔직한 비―프스테이크 같은 것도!

오피스의 피로에
태엽처럼 풀려왔다.

램프에 갓을 씌우자
도어를 안으로 잠갔다.

기도와 수면의 내용을 알 길이 없다.
포효하는 검은 밤, 그는 조란鳥卵처럼 희다.

구기어지는 것 젖는 것이
아주 싫다.

파라솔같이 채곡 접히기만 하는 것은
언제든지 파라솔같이 펴기 위하여―

* 자포自暴 : '자포자기'의 준말

298

별

창을 열고 눕다.
창을 열어야 하늘이 들어오기에.

벗었던 안경을 다시 쓰다.
일식日蝕이 개이고 난 날 밤 별이 더욱 푸르다.

별을 잔치하는 밤
흰옷과 흰 자리로 단속하다.

세상에 안해와 사랑이란
별에서 치면 지저분한 보금자리.

돌아누워 별에서 별까지
해도海圖 없이 항해하다.

별도 포기포기 솟았기에
그중 하나는 더 획지고*

* 획지고 : 윤곽이 뚜렷하다는 뜻

하나는 갓 낳은 양
여릿여릿 빛나고

하나는 발열하여
붉고 떨고

바람엔 별도 쓸리다
회회 돌아 살아나는 촛불!

찬물에 씻기어
사금砂金을 흘리는 은하!

마스트 아래로 섬들이 항시 달려 왔었고
별들은 우리 눈썹기슭에 아스름 항구가 그립다.

대웅성좌大熊星座*가
기웃이 도는데!

  * 대웅성좌大熊星座 : 큰곰자리

청려淸麗한 하늘의 비극에
우리는 숨소리까지 삼가다.

이유는 저세상에 있을지도 몰라
우리는 제마다 눈감기 싫은 밤이 있다.

잠재기 노래 없이도
잠이 들다.

슬픈 우상偶像

이 밤에 안식安息하시옵니까.

내가 홀로 속엣 소리로 그대의 기거起居를 문의할 삼어도* 어찌 흩한 말로 붙일 법도 한 일이오니까.

무슨 말씀으로나 좀 더 높일 만한 좀 더 그대께 마땅한 언사가 없사오리까.

눈감고 자는 비둘기보담도, 꽃그림자 옮기는 겨를에 여미며 자는 꽃봉오리보담도, 어여뻐 자시올 그대여!

그대의 눈을 들어 풀이하오리까.

속속들이 맑고 푸른 호수가 한 쌍.

밤은 함폭 그대의 호수에 깃들이기 위하여 있는 것이오리까.

내가 감히 금성金星 노릇하여 그대의 호수에 잠길 법도 한 일이오리까.

---

* 문의할 삼어도 : 문의한다 하더라도

단정히 여미신 입시울,* 오오, 나의 예禮가 혹시 흐트러질까 하여 다시 가다듬고 풀이하겠나이다.

여러 가지 연유가 있사오나 마침내 그대를 암표범처럼 두리고* 엄위嚴威롭게 우러르는 까닭은 거기 있나이다.

아직 남의 자취가, 놓이지 못한, 아직도 오를 성봉聖峯이 남아 있을 양이면, 오직 하나일 그대의 눈雪에 더 희신 코, 그러기에 불행하시게도 계절이 난만爛熳할지라도 항시 고산식물의 향기 외에 맡으시지 아니하시옵니다.

경건히도 조심조심히 그대의 이마를 우러르고 다시 뺨을 지나 그대의 흑단빛 머리에 겨우겨우 숨으신 그대의 귀에 이르겠나이다.

희랍에도 이오니아 바닷가에서 본 적도 한 조개껍질, 항시 듣기 위한 자세이었으나 무엇을 들음인지 알 리 없는 것이었나이다.

* 입시울 : '입술'의 방언
* 두리고 : 두려워하고

기름같이 잠잠한 바다, 아주 푸른 하늘, 갈매기가 앉아도 알 수 없이 흰 모래, 거기 아무것도 들릴 것을 찾지 못한 적에 조개껍질은 한갈로* 듣는 귀를 잠착히 열고 있기에 나는 그때부터 아주 외로운 나그네인 것을 깨달았나이다.

마침내 이 세계는 비인 껍질에 지나지 아니한 것이, 하늘이 쓰이우고 바다가 돌고 하기로소니 그것은 결국 딴 세계의 껍질에 지나지 아니하였습니다.

조개껍질이 잠착히 듣는 것이 실로 다른 세계의 것이었음에 틀림없었거니와 내가 어찌 서럽게 돌아서지 아니할 수 있었겠습니까.
바람소리도 아무 뜻을 이루지 못하고 그저 겨우 어눌한 소리로 떠돌아다닐 뿐이었습니다.

그대의 귀에 가까이 내가 방황할 때 나는 그저 외로이 사라질 나그네에 지나지 아니하옵니다.
그대의 귀는 이 밤에도 다만 듣기 위한 맵시로만 열리어 계시기에!
이 소란한 세상에서도 그대의 귀기슭을 둘러 다만 주검같이 고요한 이오니아 바다를 보았음이로소이다.

* 한갈로 : 한결같이

이제 다시 그대의 깊고 깊으신 안으로 감히 들겠나이다.

심수深水한 바다 속속에 온갖 신비로운 산호를 간직하듯이 그대의 안에 가지가지 귀하고 보배로운 것이 갖추어 계십니다.

먼저 놀라울 일은 어쩌면 그렇게 속속들이 좋은 것을 지니고 계신 것이옵니까.

심장心臟, 얼마나 진기한 것이옵니까.

명장 희랍의 손으로 탄생한 불세출의 걸작인 뮤—즈로도 이 심장을 차지 못하고 나온 탓으로 마침내 미술관에서 슬픈 세월을 보내고 마는 것이겠는데 어쩌면 이러한 것을 가지신 것이옵니까?

생명의 성화聖火를 끊임없이 나르는 백금보다도 값진 도가니인가 하오면 하늘과 땅의 유구한 전통인 사랑을 모시는 성전인가 하옵니다.

빛이 항시 농염하게 붉으신 것이 그러한 증좌로소이다.

그러나 간혹 그대가 세상에 향하사 창을 열으실 때 심장은 수치를 느끼시기 가장 쉽웁기에 영영 안에 숨어버리신 것이로소이다.

그 외에 폐肺는 얼마나 화려하고 신선한 것이오며 간肝과 담膽은 얼마나 요염하고 심각하신 것이옵니까.

그러나 이들을 지나치게 빛깔로 의논할 수 없는 일이옵니다.

그 외에 그윽한 골 안에 흐르는 시내요 신비한 강으로 풀이할 것도 있으시오나 대강 섭렵하여 지나옵고,

해가 솟는 듯 달이 뜨는 듯 옥토끼가 조는 듯 뛰는 듯 미묘한 신축伸縮과 만곡彎曲을 갖은 작은 언덕으로 비유할 것도 둘이 있으십니다.

이러이러하게 그대를 풀이하는 동안에 나는 미궁에 든 낯선 나그네와 같이 그만 길을 잃고 헤매겠나이다.

그러나 그대는 이미 모이시고 옴치시고 마련되시고 배치와 균형이 완전하신 한 덩이로 계시어 상아와 같은 손을 여미시고 발을 고귀하게 포개시고 계시지 않습니까.

그리고 지혜와 기도와 호흡으로 순수하게 통일統一하셨나이다.

그러나 완미完美하신 그대를 풀이하올 때 그대의 위치와 주위를 또한 반성치 아니할 수 없나이다.

거듭 말씀이 번거로우나 원래 이 세상은 비인 껍질같이 허탄하온대 그중에도 어찌하사 고독의 성사城舍를 차정差定하여 계신 것이옵니까.

그러고도 다시 명철한 비애로 방석을 삼아 누워 계신 것이옵니까.

이것이 나로는 매우 슬픈 일이기에 한밤에 짖지도 못 하올 암담한 삽살개와 같이 창백한 찬 달과 함께 그대의 고독한 성사를 돌고 돌아 수직守直하고 탄식하나이다.

불길한 예감에 떨고 있노니 그대의 사랑과 고독과 정진으로 인하여 그대는 그대의 온갖 미와 덕과 화려한 사지四肢에서, 오오,

그대의 전아典雅 찬란한 괴체塊體*에서 탈각脫却하시어 따로 따기실 아침이 머지않아 올까 하옵니다.

그날 아침에도 그대의 귀는 이오니아 바닷가의 흰 조개껍질같이 역시 듣는 맵시로만 열고 계시겠습니까.

흰 나리꽃으로 마지막 장식을 하여 드리고, 나도 이 이오니아 바닷가를 떠나겠습니다.

* 괴체塊體 : 몸뚱이

1. 작가 생애

1902년 충북 옥천에서 약상藥商을 경영하는 아버지 정태국과 어머니 정미하의 장남으로 태어나 12세 때 동갑인 송재숙宋在淑과 결혼했으며, 아버지의 영향으로 로마 가톨릭에 입문하여 '프란치스코'라는 세례명을 받은 시인 정지용은 옥천공립보통학교를 마치고 휘문고등보통학교에 입학해서 박종화, 홍사용, 정백 등과 사귀었고, 박팔양 등과 동인지 〈요람〉을 펴내기도 했으며, 신석우 등과 문우회文友會 활동에 참가하여 이병기, 이일, 이윤주 등의 지도를 받았다.

1923년 일본 교토에 있는 도시샤同志社대학에서 영문학을 공부했으며, 졸업 후 귀국하여 8·15 해방 때까지 휘문고등보통학교에서 영어교사로 재직하며 1926년부터 작품 활동을 시작한 그는 1930년 김영랑과 박용철이 창간한 〈시문학〉의 동인으로 참가했으며, 1933년 〈가톨릭 청년〉 편집고문으로 있으면서 이상李箱의 시를 세상에 알렸다. 같은 해 모더니즘 운동의 산실이었던 '구인회九人會'를 결성하여 문학 공개강좌 개최와 기관지 〈시와 소설〉 간행에 참여했고, 1939년에는 〈문장〉지의 시 추천위원으로 활동하며 박목월, 조지훈, 박두진 등의 청록파 시인을 등단시켰다.

1945년 해방이 되자 이화여자전문학교로 자리를 옮겨 교수로 재직하며 한국어와 라틴어를, 서울대학교는 강사로 출강하여 《시경》을 강의했다. 1948년 대한민국 정부수립 후에는 이화여자전문학교를 사임하고 녹번리 초당(현재 은평구 녹번동)에서 서예를 하며 소일하다가 1950년 한국전쟁 중 납북되어 이후 행적은 알지 못하나 북한이 최근 발간한 조선대백과사전에 1950년 9월 25일 사망했다고 기록되어 있다.

주요 저서로는 1935년에 그의 첫 시집인 《정지용 시집》(89편)이 출간되고 1941년 그의 두 번째 시집인 《백록담》(33편)이 출간되었다. 1946년에는 앞서 발표한 두 시집에서 정지용 자신이 선별한 25편의 시가 수록된 《지용시선》이, 1948년에는 《문학독본》(37편의 시, 수필, 기행문 수록)이, 1949년에는 《산문》(시, 수필, 번역시 등 55편 수록)이 출간되었다.

2. 작품 살펴보기

《정지용 시집》(1935)에 수록된 작품의 반 정도는 1920년대에 쓰인 작품이다. 시인 정지용에게 있어 1920년대는 시인으로서의 자아를 모색했던 시기였다. 지나친 감상주의에 빠진 1920년대 시단에서 정지용은 정제되고 절제된 언어로 시를 썼다.

그의 첫 번째 시집인 《정지용 시집》에는 바다를 소재로 한 작품들이 다수 수록되어 있다. 그는 '바다의 몸짓과 언어를 통하여 그 신비를 체험하고 그 표제 하나하나에 독특한 이름을 붙이고 형상을 만들어 우리에게 보여준다.' [1] 바다는 정지용이 발견한 최초의 자연인 동시에 시인이 창조한 새로운 시적 공간이다. 이 공간은 정지용의 후기 시에서 볼 수 있는 산의 이미지들과 좋은 대조를 이룬다.

《정지용 시집》의 작품 다수가 주로 '바다'를 소재로 했다면 두 번째 시집 《백록담》은 '산'을 노래한 작품이 주를 이룬다. 《백록담》에서 시인은 대상에 대한 깊은 통찰과 절

---

1) 김학동, 《정지용 연구》, 43쪽. 권영민, 《정지용 시 126편 다시 읽기》, 2004, 민음사, 62쪽에서 재인용.

제된 감정을 바탕으로 마치 한 폭의 그림을 그리듯 자연의 정경을 묘사했는데, 이때 단순한 묘사를 넘어 자연을 통해 내면적으로 성찰하는 성숙한 모습을 보이기도 한다.

이 책 《향수》는 《정지용 시집》과 《백록담》에 수록된 작품들 중에서 주요 작품들을 선별하여 재구성한 것이다. 그의 작품은 종교적인 내용의 시 몇 편을 제외하고는 자연을 노래한 시가 대부분이다. 물론 정지용 이전에도 자연을 노래한 시들은 많았지만 그의 시는 '자연을 통해 자신의 주관적인 정서와 감정의 세계를 토로하고 있는 것이 아니라 오히려 자신의 감정을 억제하면서 자연에 대한 자신의 감각적인 인식 그 자체를 언어를 통해 질서화하면서 하나의 새로운 미적공간으로 창조해 낸다. 이 새로운 시범은 모더니즘이라는 커다란 문학적 조류 안에서 설명되기도 하고 이미지즘이라는 이름으로 규정되기도 한다.' [2]

이렇듯 그는 예리하고 섬세한 언어와 절제된 감각으로 시의 언어를 통해 '공간의 미'를 창조한 시인으로 평가받고 있다. 이러한 점에서 길지 않은 생애 동안 그가 남긴 120여 편의 작품은 20세기 우리 문학사에서 큰 의의가 있다. 그가 남긴 주요 작품들을 살펴보기로 하자.

---

[2] 같은 책, 권영민, 97쪽.

초기 시에 속하는 제1장은 '임에 대한 그리움과 향수', '아름답고 고요한 정경'을 묘사한 순수 서정시가 주를 이룬다.

　상해로 떠나는 '애시리 황'이라는 여인을 배웅하며 이별의 슬픔을 노래한 〈슬픈 인상화〉, 얼굴 하나는 두 손으로 가릴 수 있지만 임을 향한 마음은 호수만 하기에 감출 수 없다고 표현한 〈호수〉, '당신'을 그리며 언제고 오실 날만을 기다리는 화자의 간절함을 노래한 〈풍랑몽〉, 실제로 시인이 'p'라는 여인을 연모하여 그녀를 향한 마음을 담은 〈오월 소식〉, 〈벚나무 열매〉, 〈엽서에 쓴 글〉 등은 '사랑하는 임을 향한 그리움'을 노래한 작품들이다.

　당시 교토에서 유학생활을 하던 시인은 '고향에 대한 그리움'을 노래한 작품들도 다수 창작했다. 앞서 언급된 〈오월 소식〉은 임을 향한 마음을 노래하면서도 고향에 대한 그리움이 잘 드러난 작품인데, 고향에서 온 편지를 받고 가슴이 벅찬 화자의 모습이 잘 드러나 있다. '날이 날마다 님 보내기 목이 자졌다'라는 표현을 통해 임을 보내야 하는 서러움을 여울물 소리에 비유한 〈압천〉 역시 그리움을 노래한 작품이다. 화자가 그리워하는 대상은 사랑하는 사람일 수도 있고 떠나온 고향일 수도 있다. 해질 무렵 교토의 강변을 바라보며 느끼는 시인의 고독함이 잘 드러나 있다. 그의 초기 작품 중에서 우리에게 노래로도 잘 알려진 〈향수〉는 떠나 온 고향에 대한 화자의 그리움이 가장 잘 드러난 작품이라 볼 수 있다.

시인에게 있어 일본 도시샤대학에서의 유학생활은 그가 새로운 문물을 접하고 근대적 감각을 일깨우는데 큰 몫을 했다. 이는 〈카페 프란스〉를 통해 여실히 드러난다. 전반부에는 다양한 인종의 학생들이 드나드는 카페의 이국적인 모습을 묘사하였고, 후반부에는 '나는 나라도 집도 없단다' 라는 표현을 통해 망국인의 설움과 고국을 향한 그리움을 드러내기도 하였다.

또한 시인은 '바다' 를 소재로 한 작품을 다수 창작하였는데, 〈바다〉라는 시에서 의성어와 의태어를 통해 바다의 역동적인 모습을 감각적으로 묘사하면서도 바다를 바라보며 그리움에 젖는 감상적인 모습을 보여주기도 한다. 〈선취〉 또한 같은 맥락에서 살펴볼 수 있다. '뱃멀미' 를 뜻하는 '선취' 는 화자가 바다를 건너며 항해하는 도중에 느꼈던 식민지 지식인으로서의 비애를 노래하였다. '바다' 라는 새로운 세상을 만난 설렘과 동시에 암울한 현실 속에서의 타국 생활은 더욱 짙은 향수를 불러일으킨다. 이렇듯 상반된 감정을 느끼며 혼란스러운 자신의 심정을 '선취' 라고 표현한 것이다. 〈갈매기〉에서는 바다 위를 자유롭게 떠다니는 갈매기와 타국에서 느끼는 화자의 외로움이 대비되어 쓸쓸함을 자아낸다. 이 밖에도 〈황마차〉는 비

내리는 교토의 밤거리를 배경으로, 화자가 밤거리를 배회하면서 느낀 그리움과 고독을 노래한 작품이다.

이 시기에 시인은 그리움을 형상화한 작품 외에도 아름다운 정경을 묘사한 시들을 다수 창작하였다. 교토 유학 시절, 봄날 동백꽃이 피는 평화로운 풍경을 바라보며 느꼈던 감상을 감각적으로 묘사한 〈홍춘〉, 거위 한 마리가 한가롭게 호수 위를 떠다니는 모습을 짤막하게 묘사한 〈호면〉, 바다 위에 내리던 비가 우박으로 변하는 모습을 간결하고 담담하게 묘사한 〈겨울〉, 화자가 기차 여행 중에 느꼈던 감상을 노래한 산문시 〈슬픈 기차〉 등은 시인 특유의 절제되고 감각적인 언어의 특성이 잘 드러난 작품들이다.

제2장은 동요와 민요적 성향이 드러난 작품들로 구성되어 있다. 〈내 맘에 맞는 이〉는 〈무어래요〉, 〈숨기 내기〉, 〈비둘기〉와 함께 '민요풍 시편'으로 발표된 시이다. 모더니스트라 불리던 정지용은 새로움을 추구하면서도 우리 고유의 전통과 정서를 잊지 않았던 것이다.

동시童詩적인 모습을 보이는 작품 〈삼월 삼짇날〉은 어린 시절 소꿉놀이를 하던 모습을 노래하였다. 애기를 업고 '중, 중, 때때중, / 우리 애기 까까머리'라고 부르던 노래는 민요의 일부로서 우리 전통 민요를 차용한 것이다. 〈딸레〉 역시 동시적인 요소가 돋보이는 작품이다. 어린 시절 앵두나무 밑에서 인형을 갖고 놀던 기억을 중심으로 잃어버린 인형에 대한 화자의 슬픔이 드러난다. 〈해바라기 씨〉는 화자가 해바라기 씨를 심은 뒤 새싹이 트는 과정을 묘사한 시이다. 새가 날아와 먹지 못하도록 '누나가 손으로 다지고 나면 / 바둑이가 앞발로 다지고 / 괭이가 꼬리로 다진다.'라는 재미있는 표현을 통해 어린아이의 순수함을 보여주고 있다. 〈산 너머 저쪽〉 또한 앞서 언급된 시들과 마찬가지로 동시적 요소가 드러난 작품으로 호기심 가득한 어린아이의 순수함을 엿볼 수 있는 작품이다.

제3장의 시들은 시인이 가톨릭에 귀의하고 나서 쓴 작품들이다. 앞서 살펴본 바와 같이 그가 시작詩作 초기에는 순수 서정시라 부를 수 있는 작품들을 주로 썼다면, 이 시기에는 좀 더 새로운 시도를 보이며 신앙에 바탕을 둔 작품들을 다수 창작하였다.

그가 초기에 썼던 〈바다〉라는 작품이 주로 의성어와 의태어를 사용하여 바다의 모습을 표현했다면, 이 시기에 같은 제목으로 창작된 〈바다〉는 좀 더 구체적이고 감각적인 묘사가 두드러진다. 시인 특유의 예리하고 감각적인 표현이 잘 드러난 〈바다 2〉에서 시인은 파도의 움직임을 '푸른 도마뱀 떼같이 / 재재발렀다, 흰 발톱에 찢긴 / 산호보다 붉고 슬픈 생채기!, 지구는 연잎인 양 오므라들고…… 펴고……'와 같이 색채 대비를 통해 시각적 요소를 더하여 역동적인 바다의 모습을 생생하게 표현하였다.

앞서 언급된 작품들을 통해서 알 수 있듯이 정지용의 시 세계는 그 폭이 넓다. 그리움, 울분 등의 감정을 작품에 그 대로 표출하며 감정의 과잉이라고 불릴 수도 있는 1920년 대 시단에서, 〈유리창 1〉은 더욱 그 의의가 있다. 정지용 특유의 절제되고 감각적인 언어는 '물먹은 별이 반짝, 보 석처럼 박힌다' 라는 표현을 통해 절정에 이른다. 또한 떠 나간 어린 자식을 '차고 슬픈 것' 이라는 이미지즘으로 형 상화하여 담담하게 표현하였는데, 이러한 화자의 절제된 감정은 오히려 슬픔을 극대화하는 요소로 작용한다. 시인 특유의 예리하면서도 정제되고 감각적인 언어를 엿볼 수 있는 이 작품은 이러한 점에서 1930년대 모더니즘적 특성 을 잘 드러내고 있다.

앞서 언급한 〈바다 2〉와 〈유리창〉이 모더니스트로서 감 각적인 모습을 보여주는 작품이라면 〈촛불과 손〉, 〈은혜〉, 〈별〉, 〈불사조〉, 〈비극〉은 시인의 신앙심을 바탕으로 한 작품들이다. 〈촛불과 손〉은 촛불을 켜서 방 안을 밝히는 과정을 통해 신성한 분위기를 드러낸 작품이다. 촛불이 켜지는 순간, 화자는 새로운 세계가 탄생하는 기쁨과 더 불어 촛불을 켠 손의 위대함을 노래하였다. 〈은혜〉 역시 종교적인 색채가 짙은 작품이다. 화자는 '봄볕' 이라는 '신의 은총' 을 통해 속죄하고 눈물과 고통 속에서 회개하 며 다시 살아갈 희망을 얻는다. 〈별〉에서의 화자는 밤하늘의 별을 보며 자신의 모습을 성찰하고 있다. 이 작품에서 '별'은 회개의 매개체이자 '신이 주신 은총'을 상징한다. 〈나무〉에서의 화자는 자신을 나무에 비유하며, 항상 하늘을 우러러보고 있는 나무를 통해 아담의 슬픈 유산을 그대로 이어받아 자신의 존재는 한낱 오점이었다고 말하며 원죄 의식을 드러내고 있다. 시의 후반부에는 그리스도의 고귀한 희생에 감사하는 모습을 보이는 종교적 색채가 짙게 드러난 작품이다. 〈불사조〉는 인간사의 슬픔을 형상화한 작품으로 화자는 이 '슬픔'을 결코 죽지 않는 '불사조'로 표현하며, 인생에서 슬픔은 늘 동반될 수밖에 없는 숙명과도 같은 것이라 말하고 있다. 인생에 대한 시인의 성찰이 돋보이는 작품이다. 〈비극〉 역시 〈불사조〉와 유사한 경향의 작품이다. 이 시에서 말하는 '비극'은 곧 '죽음'을 상징한다. '흰 얼굴, 검은 옷' 등의 표현을 통해 죽음의 이미지를 형상화하였다. 죽음에 대한 의연한 태도를 보이지만 '일찍이 나의 딸 하나와 아들 하나를 드린 일'이 있던 화자는 예를 갖추지 않고 불시에 찾아오는 죽음은 거부하겠노라며 강한 의지를 보여준다.

이 밖에도 〈임종〉, 〈갈릴리 바다〉, 〈그의 반〉, 〈다른 하늘〉, 〈또 하나 다른 태양〉 등도 '절대자에 대한 믿음과 사랑, 절대자를 통한 참회'와 같은 내용을 다룬 작품들로서 시인의 종교적 의식이 잘 드러나 있다.

제4장은 자연을 노래한 '동양적인 시'라고 볼 수 있다. 초기 시의 다수가 '바다'를 소재로 했다면 후기 시에서는 '산'을 노래한 작품이 주를 이룬다. 이 시기에 시인은 주로 한라산, 장수산, 금강산 등을 소재로 삼아 복잡한 세상과는 단절된 고즈넉한 세상을 노래한 시들을 주로 창작했다. 그러한 이유로 정지용을 두고 일제치하라는 시대 상황에서 현실을 도피하고 외면하는 나약한 지식인이라는 일부의 비판도 있으나 그 시대에 정지용은 시인으로서 할 수 있는 최선의 저항을 한 것이다. 현실을 날카롭게 포착하여 작품에 반영하고, 언젠가는 맞이할 평온하고 희망적인 세계를 노래하는 일이 문인으로서의 소명이기 때문이다.

《백록담》에 수록된 작품 중 〈장수산〉은 시인의 대표적인 자연시이다. 산문시의 형태로 쓰인 이 작품은 겨울 달밤의 모습을 묘사하였다. 전반부는 고요하고 적막한 산의 모습을 절제된 감정으로 표현하였고, 후반부에는 '시름은 바람도 일지 않는 고요에 심히 흔들리우노니'와 같은 표현을 통해 시름에 잠긴 자신의 모습을 드러내며, '오오 견디란다 차고 올연兀然히 슬픔도 꿈도 없이 장수산長壽山 속 겨울 한밤 내―'와 같은 표현을 통해 시련을 견뎌내고 극복하겠다는 결연한 의지를 보여주고 있다.

〈백록담〉은 한라산을 오르며 보고 느꼈던 감상을 노래한 시이다. 마지막 9연에서 한라산 정상에 있는 호수 백록담을 묘사하였다. 한라산에 오르며 만났던 '뻐꾹채꽃, 백화(자작나무), 도체비꽃, 말과 소' 등의 모습을 시인 특유의 섬세한 감각으로 묘사하였다. 또한 '풍란의 향기, 꾀꼬리, 휘파람새 소리, 물, 바람 소리'를 통해 적막한 산의 모습을 잘 드러냈다. 마지막 연에서 시인은 정상에 오르느라 지친 모습을 보이며 하늘과 가까이 있는 백록담의 모습을 '백록담 푸른 물에 하늘이 돈다'라고 표현하며 자신의 모습을 호수에 비춰 보는데, 높고 맑은 백록담에 비춰진 자신을 보며 왠지 모를 쓸쓸함을 느낀다.

〈비로봉〉은 시인의 절제된 감정이 돋보이는 간결한 묘사가 특징인데, 비로봉으로 향하는 가을 산길의 모습을 묘사한 시이다. 〈구성동〉 역시 비로봉과 마찬가지로 시인의 감정이 절제된 작품으로, 적막하고 고요한 산의 모습을 섬세하고 감각적으로 묘사하였다. 〈옥류동〉은 적막하고 깊은 골짜기의 폭포와 높은 산봉우리를 묘사했는데 이 작품 역시 시인이 금강산을 둘러보며 쓴 작품이다.

앞서 언급한 작품들이 자연을 노래한 '산수시'라 볼 수 있다면, 〈슬픈 우상〉은 《백록담》에 수록된 유일한 종교시이다. 장편의 산문시로서 '그대'라는 절대자를 향한 화자의 무한한 사랑과 존경의 마음을 노래한 종교적 색채가 강한 작품이다.

이 밖에도 《백록담》에는 시인의 성숙한 내면 의식을 드러내는 작품들이 수록되어 있다. 〈호랑나비〉, 〈예장〉에서의 화자는 죽음의 장면을 시인 특유의 절제된 감각으로 담담하게 묘사하였다. 또한 《백록담》에 수록된 작품 중에서 〈비〉는 시인 정지용의 빼어난 시적 감각을 엿볼 수 있는 작품이다. 가을비가 떨어지기 전의 소란스러운 상황은 어디선가 산새 한 마리가 날아오면서 조용해지는데, 이렇듯 동적인 상황과 정적인 상황이 대비를 이루며 긴장감을 연출한다. 빗방울이 붉은 나뭇잎에 떨어지는 모습을 '붉은 잎 잎 / 소란히 밟고 간다' 라고 표현한 구절에서 시인의 빼어난 언어감각을 엿볼 수 있다.

3. 마치며

  일제강점기와 분단이라는 두 가지 비극을 동시에 겪으며 암울한 시대 속에서 꿋꿋하게 자신의 소임을 다한 정지용의 작품을 만나기까지는 오랜 시간이 걸렸다. 정부에서는 월북이나 납북된 문인들의 작품을 금서로 지정했기에 1988년 해금이 되기까지는 40여 년이라는 긴 세월이 흐른 것이다.

  안타까운 시간을 보상이라도 하듯 그의 작품은 20세기 우리 문학사에서 큰 의의를 갖는다. 지나친 감상주의로 흘렀던 1920년대 시단에서 정지용은 절제된 언어로 자신만의 시세계를 구축해 나갔다. 감상의 단순한 나열을 넘어서, 절제된 감정을 시각적이고 촉각적으로 형상화하여 1930년대 모더니즘적 특성을 반영하는 이미지즘이라는 새로운 세계를 보여주었다.

  그는 시의 형식적인 면에서도 새로운 시도를 했지만 내용적인 면에서도 다양한 모습을 드러냈다. 1920년대 중반부터 1930년대 초반에 쓰인 초기 시에 속하는 그의 작품들은 이미지를 중시한 모더니즘의 특성을 보이면서도 '임과 고향에 대한 그리움'과 '아름다운 정경'을 노래한 순수 서정시로서의 모습을 보여준다. 이 시기 그의 대표작으로 꼽히는 〈향수〉는 오늘날 노래로도 불리며 많은 사랑을 받고 있다. 또한 이 시기에 시인은 순수한 어린아이의 시선으로 바라본 세상을 노래한 동요시와 우리의 전통 민요를 차용한 민요시 등을 창작하기도 하였다.

1933년부터 1935년까지 〈가톨릭 청년〉의 편집고문으로 활동한 그는 이 시기에 가톨릭으로 귀의하였다. 이러한 경험을 바탕으로 이 시기에 시인은 신앙심을 기반으로 한 여러 편의 종교시를 발표하였다.

《백록담》에 수록된 작품에서 알 수 있듯이 1936년 이후에 그는 주로 최대한 감정을 배제하고 관조적인 모습을 보이는 작품을 썼다. 이 시기에 그는 있는 그대로의 자연을 묘사하며 절제되고 감각적인 언어로 '산수시山水詩'라 불리는 작품을 다수 창작했다. 단순한 정경 묘사에 그치지 않고 자연을 통해 자신의 내면을 성찰하는 성숙한 모습을 보이기도 하였다.

오랜 시간을 침묵할 수밖에 없었던 그의 작품에 목말라 있던 독자들에게 있어 이 책《향수》는 그의 집약된 시세계를 한눈에 볼 수 있는 더없이 좋은 기회가 될 것이다.

작가 연보

1902년(1세)

음력 5월 15일에 충북 옥천군 옥천읍 하계리 40번지에서 정태국과 정미하의 장남으로 태어나다. 아버지는 약상藥商을 경영하여 여유 있는 생활을 누렸으나 어느 해 여름 홍수로 집과 재산을 잃고 경제적으로 어려운 생활을 하다. 아버지의 둘째 부인에게서 태어난 동생 둘이 있다. 지용의 아명은 연못에서 용이 하늘로 승천하는 태몽을 꾸었다 하여 지룡池龍이었고 이 발음을 따서 본명은 지용芝溶으로 했다. 가톨릭 신자이며 세례명은 프란시스코.

1910년(9세)

옥천공립보통학교(현재 죽향초등학교)에 입학하다.

1913년(12세)

동갑인 송재숙과 결혼하다.

1918년(17세)

휘문고등보통학교에 입학하다. 학교 성적은 우수했으나 집안이 어려워서 교비생校費生으로 학교를 다니다. 재학 당시의 교우로는 3년 선배인 홍사용, 2년 선배인 박종화, 1년 선배인 김윤식, 1년 후배인 이태준 등이 있으며 이 무렵부터 문재文才를 나타내어 박팔양 등 8명이 동인지 〈요람〉을 발간하다.

1919년(18세)

3·1운동 당시 휘문고등보통학교의 주동자로 지목되어 이선근과 함께 무기정학을 받고 1, 2학기 수업을 받지 못하다. 12월 〈서광〉 창간호에 소설 〈3인〉을 발표하다.

1922년(21세)

휘문고등보통학교를 졸업하다. 이때까지 아버지의 친구 유복영의 집에서 생활하다. 마포 하류 현석리에서 첫 시작품인 〈풍랑몽〉을 쓰다.

1923년(22세)

휘문고보의 재학생과 졸업생이 함께하는 문우회에서 만든 〈휘문〉 창간호의 편집위원으로 활동하다. 휘문고보의 교비생으로 일본 교토의 도시샤同志社대학 영문과에 입학하다.

1924년(23세)

시 〈석류〉와 〈민요풍 시편〉을 쓰다.

1925년(24세)

〈새빨간 기관차〉, 〈바다〉 등의 시를 쓰다.

1926년(25세)

〈학조〉 창간호에 〈카페 프란스〉 등 9편의 시를 발표하고 이후 〈달리아〉, 〈홍춘〉 등 3편의 시를 추가로 발표하며 문단활동을 시작하다.

1927년(26세)

〈벚나무 열매〉, 〈갈매기〉 등 7편의 시를 교토와 옥천을 오가며 쓰고, 여러 문예지에 〈갑판 위〉, 〈향수〉 등 30여 편의 시를 발표하다.

1928년(27세)

음력 2월에 장남 구관이 태어나다. 〈동지사문학〉 3호에 일어로 쓴 시 〈말 1·2〉를 발표하다.

1929년(28세)

도시샤대학 영문학과를 졸업하고 귀국하다. 9월에 모교인 휘문고보 영어과 교사로 부임하고 부인과 장남을 데려와 종로구 효자동에 자리 잡다. 12월에 시 〈유리창〉을 쓰다.

1930년(29세)

〈시문학〉 동인으로 참가하고, 1930년대 시단의 중요한 위치에 서게 되다. 동인으로는 박용철, 김영랑, 이하윤 등이 있다. 〈겨울〉, 〈유리창〉 등 20여 편의 시와 번역시 〈소곡〉(블레이크 원작) 등 3편을 발표하다.

1932년(31세)

〈고향〉, 〈열차〉 등 10편의 시를 발표하다.

1933년(32세)

삼남 구인이 태어나다. 6월에 창간된 〈가톨릭 청년〉지의 편집 고문을 맡으며, 8편의 시와 산문, 〈소묘 1·2·3〉을 발표하다.

1934년(33세)

종로구 재동으로 이사하고 장녀 구원이 태어나다. 〈가톨릭 청년〉지에 〈다른 하늘〉, 〈또 하나 다른 태양〉 등 4편의 시를 발표하다.

1935년(34세)

기존에 발표되었던 작품 89편을 수록한 첫 시집 《정지용 시집》을 시문학사에서 출간하다. 〈홍역〉, 〈비극〉 등 8편의 시를 발표하다.

1936년(35세)

서대문구 북아현동으로 이사하고 이곳에서 아버지가 돌아가시다. 〈옥류동〉, 〈별똥이 떨어진 곳〉을 발표하다.

1938(37세)

산문 〈꾀꼬리와 국화〉, 산문시 〈슬픈 우상〉, 〈비로봉〉, 평론 〈시와 감상〉, 그 외 수필 등 약 30여 편을 발표하는 한편 블레이크와 휘트먼의 시를 번역하여 최재서가 편찬한 《해외서정시집》에 수록하다. 다른 한편으로는 천주교에서 주관하는 〈경향잡지〉를 돕는 등 문필활동이 가장 왕성했던 한 해이다.

1939년(38세)

〈문장〉지의 시 부문 추천위원이 되어 조지훈, 박두진, 박목월, 김종한, 이한직, 박남수 등을 등단시키다. 이태준은 소설 부문을 맡다. 〈수산12〉, 〈백록담〉 등 7편의 시와 〈시의 옹호〉, 〈시의 언어〉 등 5편의 평론, 시선詩選 후평後評 및 수필 등을 발표하다.

1940년(39세)

기행문 〈화문행각畫文行脚〉과 서평 및 시선 후평, 수필, 시 〈천주당〉 등을 발표하다.

1941년(40세)

〈문장〉 22호 특집으로 〈조찬〉, 〈진달래〉 등 10편의 시가 실리다. 두 번째 시집《백록담》이 문장사에서 발간되다.

1944년(43세)

제2차 세계대전의 말기에 이르러, 부천군 소사읍 소사리로 이사하다.

1945년(44세)

8·15 해방과 함께 휘문중학교 교사직을 그만두고 이화여자전문학교(현재 이화여자대학교)에서 한국어와 라틴어를 강의하다.

1946년(45세)

서울의 성북구 돈암동으로 이사하고, 6월에《지용시선》이 을유문화사에서 발간되다. 경향신문사 주간을 맡다. 조선문학가동맹의 아동분과위원장으로 추대되었으나 본의가 아니었으므로 활동은 하지 않다.

1947년(46세)

〈경향신문〉사의 주간직을 사임하고 이화여자전문대학 교수로 복직하고, 서울대학교 문리과대학 강사로도 출강하며《시경》을 강의하다. 〈경향신문〉에 〈청춘과 소년〉 등 7편의 번역시(휘트먼 원작)와 〈사시안의 불행〉 등 시문과 수필을 발표하다.

1948년(47세)

이화여자전문대학을 사임하고 녹번리 초당(현재 은평구 녹번동)에서 서예를 하며 소일하다. 2월에 〈사시안의 불행〉 등 37편의 시문, 수필, 기행문 등이 수록된 《문학독본》이 박문출판사에서 출간되다.

1949년(48세)

3월에 시문, 수필, 번역시(휘트먼 원작) 등 55편이 수록된 《산문》이 출간되다.

1950년(49세)

〈문예〉지에 〈곡마단〉, 〈사사조 오수四四調五首〉를 발표하다. 6·25전쟁이 발발하자 정치보위부로 끌려가 구금되다. 정인택, 김기림, 박영희 등과 서대문형무소에 수용되었다가 평양감옥으로 이감되어 이광수, 계광순 등 33인이 함께 수용되었다가 그 후 폭사당한 것으로 추정되다.

1971년

부인 송재숙 여사 70세를 일기로 별세하다.

1982년

납북 후 금기시 되었던 정지용 문학의 회복운동이 시작되다.

1988년

3월 31일 정지용의 문학이 해금되다. 4월에 지용회 결성하다.

1989년
지용시문학상 제정하다.

2002년
5월에 정지용 탄신 100주년 서울지용제 및 지용문학심포지움
개최하다.